AF576306

CONTES ET LEGENDES DU PAYS DOGON - TOMON DU AROU

Tome 2

Athanase Erensin SOMBORO

CONTES ET LEGENDES DU PAYS DOGON - TOMON DU AROU

Tome 2

Préface du Père Paul SOMBORO

5-7, rue de l'École-Polytechnique ; 75005 Paris

http://www.librairieharmattan.com

ISBN : 978-2-343-19883-5
EAN : 9782343198835

PREFACE

Voilà quelques années, Amadou Hampaté BAH[1], ce monument intellectuel de l'ancien Soudan Français devenu le MALI indépendant moderne, a lancé ce cri de détresse historique à la tribune de l'UNESCO à propos de la culture malienne: « Vous voulez sauver les monuments historiques du monde en péril, eh bien ! Sachez qu'au Mali, quand un vieillard meurt, c'est une bibliothèque qui brûle ». Le vieillard dans notre société traditionnelle africaine en général, et malienne en particulier, est en effet le réservoir du savoir faire et du savoir vivre. Le dicton Tomon (dogon) n'affirme-t-il pas que l'on peut dire à un vieillard qu'est-ce que tu as : avoir matériel ; mais on ne peut pas dire à un vieillard ''Qu'est-ce que tu sais'' : savoir, connaissance.

Il est le monument, la bibliothèque des succès et des échecs, du savoir faire et du savoir vivre que les multiples situations, les multiples expériences heureuses, malheureuses ou douloureuses qu'il a vécues dont il s'en est sorti vainqueur. Nos sociétés traditionnelles africaines que l'ethnocentrisme étroit et borné du colonisateur avait taxées de sociétés sans écritures et sans histoires, avaient volontairement et délibérément privilégié la parole à l'écrit et à l'histoire qui sont de même nature parce qu'elle est le père et la mère des deux. Et cela pour plusieurs raisons :

° **La première raison** est que la parole est le don, le cadeau le plus grand et le plus précieux de Dieu à l'homme capable de le faire naître en ce monde, l'y faire trouver sa place dans la société et y vivre en harmonie avec ses semblables, la nature et les autres êtres visibles et invisibles.

Ref. Hamadou Hampaté Bah

° **La seconde raison** est que la parole est la faculté caractéristique N° 1 de l'homme. Les animaux ne parlent pas, les minéraux ne parlent pas, les végétaux ne parlent pas, seul l'homme parle.

° **La troisième raison** est que la parole ne s'use que si l'on ne s'en sert pas et ne s'éteint généralement qu'avec la maladie ou la mort.

° **La quatrième raison** est que la parole est l'arme la plus efficace la moins chère pour résoudre la plupart des problèmes qui se posent à l'homme au cours de son existence. Pour s'en convaincre, il suffit d'évoquer l'arbre à palabre de nos sociétés traditionnelles, ou aux tables rondes des nations modernes.

Les unes et les autres trouvent dans la parole, les solutions aux conflits familiaux, sociaux ou internationaux que les armes les plus redoutables, comme les bombes, en passant par les armes de corps à corps comme les gourdins, les flèches, les lances, les couteaux et les coupe-coupe.

° **La cinquième raison** est que la parole est l'instrument de communication le moins cher et à la portée de tous.

° **La sixième et dernière raison** est que la parole fait l'homme, crée l'homme, la société, la nature. Aucune autre faculté ne peut : exprimer ou éclairer l'homme, construire ou détruire l'homme, réjouir ou attrister l'homme, nourrir ou affamer, assoiffer l'homme, soigner ou guérir l'homme, grandir ou humilier l'homme, comme la parole.

La parole est plus puissante que le vent qui la porte, plus puissante que le feu, plus puissante que l'eau, mais la parole est fragile, elle se perd dans la bouche quand une oreille ne l'écoute pas, quand celui qui la porte comme un trésor disparaît ou meurt.

Les contes que M. Athanase Erensin SOMBORO[1] propose à votre lecture sont un condensé de la parole que les vieillards ont conservée pour servir de panneaux de signalisation et baliser leur propre vie et celle de ceux et celles qui viendront après eux sur le chemin de la vie. Par les effets conjugués des nouvelles religions importées, de la colonisation et de la disparition des vieillards, les contes sont aussi menacés.

.

D'où le cri de Amadou Hampaté BAH ''Quand un vieillard meurt, c'est une bibliothèque qui brûle''. Avec la disparition des contes c'est toute une culture qui s'en va.

Le conte Tomon, c'est l'école primaire, l'école secondaire, le lycée et l'université des Tomon. C'est par le conte qu'on éduquait le jeune dogon-tomon.

Le conte tomon, c'était l'école technique où le jeune tomon amassait le savoir faire, nécessaire pour sa vie.

Le conte tomon, c'était l'instruction civique qui lui apprenait comment vivre en fils et fille, en père et mère, en époux et épouse, en voisin et voisine.

Le conte tomon, c'était la radio, la télé, l'internet pour s'informer et se former, pour se divertir et s'enrichir, pour se laxer et se relaxer après une journée remplie d'occupation.

Le conte décrivait l'homme ; l'homme bon et mauvais, la femme rusée et folle, l'enfant digne ou indigne.

Le conte tomon que les éventuels lecteurs auront entre leurs mains, pourrait paraître cru et cruel, brut et brutal.

Le conte tomon est une école de la vie dans toute sa réalité paisible et guerrière, amicale et hostile.

Les Tomon appellent un chat, un chat ; le vagin le vagin ; le pénis, le pénis. Il appartient au lecteur de censurer ou de s'autocensurer.

Il me reste à exprimer toute ma gratitude à Mr. Athanase Erensin Somboro, premier Tomon du Arou à avoir le Certificat d'Etudes Primaire (CEP 1958), le Brevet d'Etudes du Premier Cycle (BEPC 1962) l'actuel D.E.F ; et devenu le 1er Enseignant avec les diplômes officiels du Mali moderne.

° Je le remercie d'avoir entendu le cri de détresse de Mr. Amadou Hampaté BAH afin d'éviter que la bibliothèque des Tomon ne brûle.

° Je le remercie, mais les Tomon disent que remercier c'est réclamer la faveur reçue la veille.

Cher Athanase, ne nous donne pas soif et faim du conte dogon. Aujourd'hui, tu nous donnes la grillade, puisses-tu nous servir du rôti demain ; comme le proclame le conteur tomon après avoir terminé son récit.

Père Paul SOMBORO

NOTE DE L'AUTEUR

- J'ai voulu écrire ces quelques contes du genre Fable, Légende et autres, parce que j'ai constaté que le modernisme est en train de phagocyter nos mœurs, nos langues, nos cultures mêmes, nous de petites ethnies telle que le Dogon. A mon enfance, le soir après le dîner, les enfants et les adultes se réunissaient sur la place publique, aux devantures des maisons, où chacun étalait son savoir en matière de contes, de fables, de légendes...Chaque village comptait plusieurs spécialistes.

- Mais aujourd'hui, le soir, les enfants ne se donnent même plus le temps de manger ; et tout le monde court, accourt vers la télévision, la vidéo. Ils voient, entendent et apprennent d'autres chants, d'autres danses, d'autres coutumes que les leurs ; si bien que nos beaux contes et légendes sont en train de disparaître sous nos yeux, faute de temps d'écouter et d'apprendre les fables des adultes, pourtant bien éducatives.

- Dans ce livre, j'ai manqué un peu de pudeur, pour ne pas dire grossier, parce que, ce qui était un sujet tabou dans le temps, de nos jours, sous prétexte d'éducation sexuelle, le sexe est exposé avec les noms de toutes ses composantes, sur toutes les places publiques, les écoles, les centres de santé etc.., à tout venant. La vue de certaines gravures vous donne la chair de poule ; pour celui qui se respecte, il a de la peine à les fixer. Alors je me suis dit : « Pourquoi ne pas me permettre d'écrire mes légendes, en citant les choses par leurs propres noms ? ».

- Du point de vue de la terminologie, j'ai employé les mots de tous les jours afin que cet écrit soit à la portée de tout le monde.

- Concernant le contenu, vous verrez dans ce bouquin, les amitiés les plus sincères, jusqu'aux plus fourbes. Chaque fable et légende vous donnent soit une morale soit les raisons du comportement de la société : Moralité. ; C'est pourquoi…

- Quant au titre du livre, je l'ai voulu en perspective décroissante pour dire que nos contes et fables sont en voie d'extinction.

- Tandis que le Tomon-kan est l'une des 16 dialectes Dogon recensées par le Ginna-Dogon. Au pays Dogon, les Tomon occupent 11 Communes sur les 12 que compte le Cercle de Bankass ; plus les Communes de Ouo et de Djonkassagou du Cercle de Bandiagara, auxquelles il faut ajouter celle de Timissa dans le Cercle de Timissa Tominian, et une bonne partie du Fakala dans la zone de Sofara. Au centre de cette vaste étendue du pays TOMON, le AROU est une entité qui recouvre uniquement la Commune Rurale de SEGUE composée de 44 villages.

- Je vous souhaite une bonne lecture. Si Dieu me prête longue vie et une bonne santé, mes contes ne s'arrêteront pas à ce seul tome.

L'auteur

1. FAMINE ET CEREALES

Un jour, la famine fit une déclaration de guerre aux céréales en envoyant une missive à l'oseille, la doyenne des céréales, pour l'informer de son invasion imminente. Alors les céréales déclarèrent lors d'une entrevue : « La famine veut nous narguer? Nous allons voir cela ! »

Le fonio dit de laisser à lui seul le combat avec la famine

Le pois de terre déclara qu'il peut lutter contre la famine

L'arachide d'affirmer qu'elle est prête à recevoir la famine.

Le haricot raconte qu'on n'a pas peur de la famine

Le maïs ordonna : « N'ayez pas peur de la famine tant que je suis là »

Le sorgho affirma qu'à lui seul, il peut affronter ce fléau.

Quant au millet, il s'inquiéta : «Attention ! j'ai des appréhensions pour cette calamité, car vu le nombre de céréales, de tubercules, et de légumes qui existent au monde, elle ose nous narguer, j'en ai vraiment peur ».

Les autres céréales de répliquer au millet : « Ne t'en fais pas, la famine elle seule, ne peut rien faire au monde contre nous tous, elle peut venir ».

« En tout cas j'arrive, apprêtez-vous », confirma la famine.

Alors la famine s'est préparée comme un orage, avec vent et grande averse, à l'Est.

C'est le maïs qui l'aperçut d'abord. Pris de peur il partit se couvrir d'une couverture ; lorsqu'il ouvrit les yeux, la famine avançait, il se couvrit d'une deuxième ; quand il leva les yeux, la famine arrivait toujours, il prit une troisième, puis une quatrième, une cinquième. Lorsque la famine arriva à son niveau, il put couvrir tout son corps, et il ne lui resta que (sa barbe) = ses stigmates - Le maïs n'a donc pas pu lutter contre la famine. C'est par peur d'elle qu'on ne voit pas les grains de maïs dehors, car il s'est camouflé sous plusieurs couvertures.

- Après le maïs, le pois de terre leva la tête et vit l'adversaire. Il eut une telle frousse qu'il pénétra ses grains dans le sol pour les cacher devant la famine, à fortiori de l'affronter.

- L'arachide fit de même que le pois en entrant ses gousses dans le sol.

- Le haricot n'eut pas le temps de pénétrer en terre ; à peine sa gousse a touché le sol, la famine arriva. Il sécha dans cette position. Donc le haricot n'a pu lutter contre ce hideux fléau.

- Ensuite arriva le fonio. Lorsqu'il aperçut la famine, il voulut fuir, mais tomba par terre, face à l'ouest. C'est la raison pour laquelle, le fonio tombe à terre du côté ouest en murissant, par frayeur de la famine.

- Le sorgho vint voir le phénomène. Comme il ne pouvait le fixer vis à vis, il baissa la tête. Depuis lors, lorsque le sorgho est en maturité, il baisse son épi. C'est par crainte de la famine.

- Seul le millet resta debout face à l'adversaire, la famine. Dès qu'elle vint, au lieu de prendre peur ou de fuir, le millet lui donna ses quelques prémices, afin que la famine les grillât au feu et les grignotât en attendant. Puis le petit mil ramassa les épis mûrs tombés par terre, les pila dans le mortier, sépara les balles des grains pour en donner à la famine afin qu'elle en fasse du mil écrasé pour apaiser sa faim. Avant que la famine ne finisse de manger les épis grillés et boire le mil écrasé, le to (pâte de farine cuite, faite avec du mil), est prêt. Lorsque la famine se fut bien gavée du bon to dogon très consistant, qu'elle prit congé du monde.

- Au pays dogon, l'année où sévit la famine, tant que le petit mil n'est pas à terme,

On ne peut dire que la famine est terminée, parce que le fonio est mûr.

ou que le maïs (qui ne se cultive que dans le jardin) est à maturité,

ou bien que le sorgho (qui n'est exploité qu'à la falaise) est mûr,

que le haricot et le pois de terre sont à terme :

tout cela n'éradique pas la famine hors du pays dogon. Il faut que le millet soit mûr afin que la famine s'en aille.

2. POURQUOI SALUER LA BELLE FAMILLE LORS DES DECES

Jadis, lorsqu'une vieille femme décédait, les us et coutumes du milieu Tomon demandaient à ce qu'on décapitât le mari de sa fille aînée ; qu'on mît le cadavre mutilé du beau-fils dans la tombe, afin de poser la tête de sa belle-mère sur lui pour les enterrer ensemble.

C'est alors que Densa, première fille, perdit sa mère. Elle aimait beaucoup son mari Denlê, et ne voulait point de sa mort. Dès que sa mère rendit l'âme, elle courut avertir son époux pour qu'il fuît afin d'échapper à la mort.

Dans sa fuite, Monsieur Denlê rencontra un caméléon : « Où allez-vous de si grands pas ? », interrogea le quadrupède. « Je suis en train de fuir la mort. Ma belle-mère vient de trépasser ; on veut m'exécuter pour m'enterrer avec elle en lui servant d'oreiller dans la tombe » répondit l'homme. « Emmenez-moi avec vous, je pourrais vous être utile. Lorsqu'on aura creusé le sépulcre, allez me placer dans l'arbre, sur une branche qui surplombe le tombeau ». répliqua le caméléon.

En reprenant sa route, il croisa une grenouille qui lui dit : « Ami ! Où allez-vous, si pressé ? ». « Je cherche à m'échapper de la mort. Ma belle-mère vient de rendre l'âme. On veut me tuer pour m'inhumer avec elle en lui servant de coussin », reprit Denlê. Prenez-moi, je pourrais vous rendre service. Allez me placer dans un coin de la tombe lorsqu'on l'aura fossoyée », dit le batracien.

Notre infortuné fit demi-tour et vint se poster non loin du village. Lorsque la nouvelle du décès se propagea dans le village, les jeunes sortirent hors du village pour creuser la tombe. Quand ils eurent fini, ils rentrèrent au village. Profitant de leur absence, Denlê alla placer ses amis aux différents endroits qui lui ont été pré-dictés et partit se cacher dans une caverne.

On s'aperçut vite de l'absence de Denlê et les jeunes gens se lancèrent à sa poursuite. « Pourtant je l'ai rencontré à l'aube dans la rue » dit quelqu'un. Qui à cheval, qui à dos d'âne, qui à pieds, ils ne tardèrent pas à le dénicher de sa cachette.

Après les innombrables cérémonies d'avant l'inhumation d'une femme : le «Tontôri[1]», le «Founagnadiou[2]», le

[1] Chaque parente de la défunte met 5 cauris dans un petit sac en cotonnade qu'on place au bas-ventre avant son enterrement.

[2] Du mil pilé par des petites filles dans un vieux mortier avec la main gauche. Avec la farine obtenue on enduit les pieds de la défunte avant de l'enterrer.

«Kô'ôda'a[3]», le «Ta'annama-na'annama[4]», le «Guèssôbô[5]»..., etc..., on amena le corps à la tombe, et le beau-fils était dans la foule bien gardé par les bourreaux. Lorsqu'on voulut l'égorger, une voix retentit en haut : « Qui vous a autorisé de tuer un innocent ? Est-ce le dieu d'en-bas ? Sinon ce n'est pas moi le dieu d'en-haut qui vous l'ai ordonné ». Une autre voix lui répondit du fond de la tombe : « Ce n'est pas moi le dieu d'en-bas qui vous ai donné l'ordre ; ce n'est pas moi le dieu d'en-bas qui vous l'ai recommandé ».Pris de peur, tout le monde a déguerpi laissant Denlê seul avec le cadavre de sa belle-mère devant le tombeau. Il appela quelques curieux qui traînaient encore là, pour l'aider à inhumer sa belle-mère. Ainsi, il fut épargné de la mort.

En signe de reconnaissance à sa femme qui lui a donné l'idée de fuir, il invita tous ses proches parents et amis à aller remercier son épouse avant la fin des quatre lunes de deuils.

Ce qui est devenu une tradition en milieu Dogon-Tomon lorsque vous perdez une belle-mère.

MORALITE :

Dans une foyer uni où il y a un amour sincère, le profit qu'on en tire, est incalculable.

---

[3] Avant l'enterrement chaque parent de la défunte jette des cauris sur le linceul comme pour l'offrir de quoi acheter des provisions au cours de son voyage de l'au-delà.

[4] Récit de la généalogie de la défunte

[5] Chaque petit-fils de la défunte lui offre un jeune bouc (qu'on égorge) en guise de monture pour son voyage de l'au-delà. Faut pas que le soit grand, sinon elle pourrait monter dessus pour revenir emporter ses petits-enfants pour ses services dans l'au-delà.

3. LES BENEDICTIONS D'UN PERE

Il était un vieillard nommé Assiga ; il avait trois fils : Ebê, Arê et Antandou .Sentant sa mort prochaine, il fit venir ses enfants afin de les bénir. « Dites-moi ce que vous désiriez exercer comme métier dans votre vie pour que je vous donne ma bénédiction pour chacun de vos projets ».

1/ L'aîné Ebê dit : « Je veux comme tout métier, labourer mon champ, mais seulement les matinées. Dès l'aube je vais au champ, cultiver jusqu'à midi et me reposer le reste du temps jusqu'au lendemain ». « Que le Bon Dieu te bénisse dans ton vœux afin que tu puisses en tirer un gros bénéfice », dit le sage.

2/ Le cadet Arê prit la parole : « Je ne veux que, pour toute besogne, pleurer des morts partout où il y en aura ». « Que le Tout Puissant bénisse ton souhait afin que tu puisses tirer tous les avantages liés à cette besogne insolite », ajouta Assiga.

3/ Le benjamin Antandou déclara : « Je ne veux comme travail que cueillir des pains de singe et du tamarin » « Que le Créateur te bénisse dans ce boulot peu commun et qu'il t'accorde tous les profits que tu en attends », dit le vieillard.

A peine trois lunes après, il mourut.

De son côté chacun se mit à l'œuvre.

Dès l'aurore, Ebê va labourer son lopin de terre jusqu'à midi, et prend son répit à la maison toute l'après-midi.

Arê le pleureur, va de village en village présenter les condoléances aux parents attristés. Dès qu'il arrivait à 500m du lieu endeuillé, il se mettait à pleurer, à gémir comme s'il s'agissait du décès d'un vrai parent. Il était inconsolable. Il mangeait, buvait et dormait là-bas jusqu'au prochain trépas. Finalement, il n'avait même plus de domicile fixe car les gens trépassaient à tout moment et dans tous les villages.

Quant à Antandou, le benjamin, il passait le clair de son temps en brousse à la recherche des tamariniers et des baobabs. Il cueillait tamarins et pains de singe, et allait les vendre afin d'assurer sa subsistance.

Lorsque les bénédictions d'un père sont exaucées, elles commencent par le benjamin.

Un jour Antandou partit loin, à 30km du village. Il trouva un tamarinier et un baobab collés comme des frères siamois, et chacun portait des fruits à foison. Pendant qu'il les cueillait, survint un Touareg qui transportait des dizaines de kilogrammes d'or, à dos de chameau. L'animal exténué de fatigue, s'écroula sous l'arbre siamois et allait trépasser. Le Touareg lui donna le coup de grâce en l'égorgeant de son long sabre tranchant. Mais que faire ? à 30km à la ronde, pas de village et personne en brousse, car il n'aperçut pas Antandou et celui-ci ne se manifesta pas dans l'arbre. Ne pouvant transporter cette lourde charge, notre nordiste abandonna tout le chargement de son chameau et disparut dans la savane. Le benjamin descendit de son arbre, se chargea d'une trentaine de kg d'or et vint à la maison. Clandestinement, il transporta le reste du chargement en faisant plusieurs tours. Il envoya trois lingots d'or à leur grand frère Ebê, le paysan ; pour lui signifier que les bénédictions de leur papa ont commencé à lui porter fruits.

Un jour, le cadet Arê apprit qu'un Ogon (Roi), nommé Sôlê venait de mourir à Sô, à 7 lieues de là. Or Sôlê avait un fils qui était en exode il y a fort longtemps, depuis des dizaines d'années ; sans adresse ni nouvelles. Arê se rendit à Sô, et à 300m de la maison du Ogon défunt, il commença à crier d'un ton lugubre. Les gens se demandèrent, qui cela pourrait-il être ? Est-ce qu'il connaît le défunt ? Et notre homme s'avançait tout en gémissant. L'un d'entre eux déclara : « Ne serait-il pas son fils en exode qui arrive ? ». Et Arê continua de pleurer de plus bel, et dit : « Les gens d'aujourd'hui, lorsque vous êtes absent, cachent les biens de vos parents décédés, et ne vous montrent qu'une petite partie ». « Ne pleurez pas, le Ogon vous a laissé un grand héritage », le consolait-on.

Croyant que c'est le prince qui est de retour, on l'intronisa comme Ogon après les cérémonies funéraires. On lui montra des troupeaux de bœufs, de chevaux, d'ânes, de chèvres, de moutons ainsi que quelques chameaux, sans compter les autres trésors : or, argent, fusils, etc…, que son prétendu père lui a légués. Il envoya trois gros taureaux à leur frère aîné cultivateur, lui dire que les bénédictions de leur père ont commencé à se manifester à lui.

Ebê l'aîné, alla un matin comme à l'accoutumée biner sa parcelle. Sa houe buta à un obstacle. Il s'arrêta, creusa l'endroit et découvrit un gros canari plein de lingots d'or pur. Il se dit : « Quelqu'un est venu cacher son trésor ici ; si je le prenais on me traiterait de voleur. Si c'est ma chance elle viendra me trouver à la maison ». IL enterra le canari et revint au village. Le soir dans les causeries, il parla de sa trouvaille à son ami. Celui-ci lui demanda le lieu précis, et Ebê lui décrivit avec exactitude l'emplacement du canari. Après leurs causeries, son cher ami se rendit directement au champ au-delà de minuit et y trouva le canari. Il souleva le couvercle et vit le canari plein de toutes sortes de serpents venimeux. Il le referma immédiatement et se dit : « Je croyais qu'Ebê était un ami sincère, mais il m'en veut à mort, en me jouant un tel tour. Inch Alla, c'est lui qui va tomber dans le piège que lui-même a préparé pour m'éliminer ». Il se chargea du gros pot qu'il prit soin de fermer hermétiquement et vint au village, monta sur le toit de son ami et par la lucarne, versa tout le contenu du canari dans la chambre à coucher où dormait paisiblement Ebê, disant : « Puisque tu voulais que ces reptiles me tuent, c'est toi qui seras mordu, traître ! ». Il retourna chez lui.

Le lendemain à son réveil, le bienheureux Ebê trouva partout dans sa chambre des morceaux d'or massif. « Voilà, dit-il, ma chance est venue me trouver à domicile ; personne ne peut m'accuser de vol ». Et il envoya un gros morceau à son ami.

Ainsi vécurent dans l'aisance les trois frères : Ebê, Arê et Antandou, chacun de son côté.

MORALITE :

Lorsque vous jouissez de la bénédiction des parents, quel que soit votre emploi, vous y trouverez du bonheur.

4. AMBASSAGOU LE BIGAME

Il était une fois, un bonhomme surnommé Ambassagou. Il avait deux femmes : Yadiendié et Yaoundê.

Un jour, sa préférée Yadiendié étant de cuisine, prépara du to sans sauce et l'amena à leur mari au champ, elle était accompagnée de sa coépouse Yaoundê (,) la malaimée, qui elle, portait un seau d'eau sans pot pour boire.

Ambassagou mangea sans problème son to sans sauce, mais lorsqu'il voulut boire l'eau, il constata que le seau n'a pas de gobelet. Il se mit en courroux, et en vociférant (,) il donna une bonne paire de claques à Yaoundê qui était en état de grossesse. L'enfant qui était dans son ventre protesta en déclarant : « Eh papa ! Tu n'es pas juste, tu as mangé du to sans sauce sans broncher et tu frappes ma mère pour n'avoir pas apporté un pot dans un seau d'eau. Ne pouvais-tu pas pencher le récipient pour te désaltérer ? »

En attendant de tels propos, Yadiendié la préférée déclara : « Si tels sont les propos d'un enfant qui n'est pas encore né, que nous réservera-t-il, lorsqu'il viendra au monde ? »

Lorsque l'enfant entendit ce que disait sa marâtre, il se retint Quand il vint au monde, c'était une fille qui refusa de parler et fit la sourde – muette. Aucun jeune homme ne voulut la marier, sauf un Ogon qui la prit en seconde épouse afin d'obtenir d'elle de nombreux descendants. Une fois mariée, elle tomba enceinte en même temps que sa coépouse. Le Ogon qui devait effectuer un long voyage, laissa les consignes suivantes avant de quitter sa famille : « Me voilà partir : si jamais mes épouses accouchaient après moi, voici un bélier et un coq. Pour celle qui mettrait au monde un garçon, tuez le bélier gras et préparez du riz pour le baptême de l'enfant; pour celle qui accoucherait une fille, égorgez ce coq et préparez le sorgho pour le baptême de l'enfant ». Puis, il partit pour son aventure.

Après son départ, ses deux épouses accouchèrent ; le même jour. Les matrones, voyant que la sourde-muette avait un garçon et l'autre une fille, échangèrent leurs enfants, Le jour des baptêmes, on tua le bélier et on prépara du riz gras pour la maman falsifiée : le garçon reçut le nom d'Ambayôkô. On tua ensuite le coq et l'on prépara le sorgho pour la sourde-muette, et l'on donna le prénom Yadjouma à sa fille. Elle feignit d'ignorer ce qui s'est passé. Les enfants grandirent en âge et en sagesse, car chacune des dames éduquait le sien le plus correctement possible.

A l'âge de vingt ans, Ambayôkô prit la décision d'aller en exode comme font les autres jeunes du village. Lorsqu'il vint dire au revoir à la sourde-muette, sa dite marâtre, celle-ci lui fit intérieurement ces bénédictions en lui tenant les deux bras. « Si tu es vraiment mon fils, que tu ne meures pas à l'étranger, mais que tu reviennes malade pour mourir ici auprès de nous ».

La providence a toujours exaucé les affligés. Quelques mois après, Ambayôkô revint malade de l'exode, selon les vœux de la sourde, et mourut trois semaines après, malgré tous les soins traditionnels qu'on lui administra. Tout le village fut attristé. Comme elle entend ce que les gens racontent, elle apprit le décès. Sur place elle prit son panier contenant quenouilles et fuseaux, alla s'asseoir au vestibule et commença à filer du coton. Tous ceux qui traversaient le vestibule pour la maison funèbre disaient : « Pauvre sourde ! Ta coépouse vient de perdre son fils à fleur d'âge, et toi en dépit de ce drame, tu files gaiement ton coton ».

Lorsqu'elle vit le cadavre sortir, transporté par des hommes, alors elle ouvrit la bouche pour la première fois de sa vie. « Hé ! Hé ! Arrêtez ceux qui portent le corps, j'ai quelque chose à dire ». Alors tout le monde s'arrêta pour écouter la sourde-muette en train de parler. Elle partit toucher le brancard et déclara : « Si tu es vraiment mon fils, lève-toi, mets-toi devant moi, allons ensemble à la maison. Si tu n'es pas mon enfant, continue ton chemin de l'au-delà ». Aussitôt le jeune homme ressuscita et prit le chemin du village. « Ecoutez peuple ! (dit la fausse sourde-muette) je ne suis ni sourde ni muette, encore moins bête ». Elle narra la scène du comportement de son père avec sa mère et sa marâtre au champ et les différentes déclarations. « Etant dans les entrailles de ma mère, j'ai dit que mon père était injuste. Ma marâtre a répliqué : « Si telle est la parole d'un enfant qui est encore dans le sein de sa mère, que dire lorsqu'il viendra au monde». C'est à partir de ce jour que j'ai pris la résolution de ne pas parler ici-bas. Me prenant pour bête ou idiote, les accoucheuses ont échangé mon garçon que voici, contre la fille que j'élève. Tout cela je n'ai rien dit. J'attendais ce jour béni pour me manifester ». L'assemblée l'approuva et elle revint à la maison avec son fils à la stupéfaction de tous. Une fois au village, on demanda à la fille qu'elle a élevée de rejoindre sa vraie maman. Mais elle refusa en disant : « Je ne la reconnais pas comme mère puisqu'elle n'a pas voulu me recevoir chez elle en préférant mon frère ».

Notre fausse handicapée eut gracieusement de faux jumeaux au détriment de sa coépouse qui sortit main vide de ce drame.

MORALITE :

L'injustice n'a jamais payé.

5. LE TRIGAME

Il était une fois un homme qui possédait trois femmes. Toutes les trois accouchèrent en même temps. Selon les coutumes dogon, la femme qui accouche doit faire 7 jours dans la maison avant de reprendre ses occupations quotidiennes. Durant ce congé de maternité, les trois épouses manquèrent de bois de cuisine. Dès la fin des congés, les 3 femmes et leur mari allèrent chercher des fagots de bois. Notre trigame monta sur un arbre mort et commença à couper ses branches. Basculé par l'élan de ses mouvements, il chuta de l'arbre, se brisa le cou et mourut sur le champ. Les trois épouses se regardèrent stupéfaites pendant longtemps ne sachant que faire.

La première déclara : « Moi je ne peux rester à regarder le cadavre de notre mari, je m'en vais m'occuper de nos enfants désormais orphelins ». Et elle partit à la maison laissant en brousse corps du mari et coépouses.

La deuxième dit : « Vu les relations intimes qu'il y a entre mon mari et moi, je ne voudrais pas qu'une mouche se pose sur lui avant son enterrement. Elle cueillit des rameaux et se mit à chasser les mouches avides de charognes.

La troisième s'écria : « Considérant l'amour intime qu'il y avait entre nous, car tout le monde me regardait comme sa préférée, je ne peux pas souffrir de le voir enterrer et retourner au village pour être la risée de tout le monde. Je préfère partir dans la forêt afin d'être dévorée par des bêtes féroces ». Dans sa fuite, elle rencontra un djinn qui lui demanda : « Bonne dame, où allez-vous avec cette mine de fuyard et toute anxieuse ? »

« Nous sommes trois coépouses, répondit la dame : notre mari, en voulant couper du bois de chauffe pour nous, est tombé d'un arbre et est mort sur place. Je ne veux pas le voir inhumer sous mes yeux, tellement il m'aimait. Je vais de ce pas en brousse me faire dévorer par les fauves ».

Et le Djinn de lui demander « Et les 2 autres femmes ? »

Notre dame répondit : « La première est retournée au village pour s'occuper des enfants orphelins, et la 2è est en train de chasser les mouches sur le cadavre, car elle ne veut pas que ces diptères se posent sur son corps avant son enterrement »

Le Djinn lui dit : « Retournez ! Si aucune mouche ne s'est encore posée sur lui je peux le ressusciter ».

Revenus ensemble sur le lieu de l'accident, le djinn et la 3e épouse constatèrent que la 2e était toujours en train d'éloigner énergiquement, avec des rameaux, tout insecte nuisible qui pouvait se poser sur le corps de leur mari. Le djinn fit, en récitant des incantations, trois fois le tour du cadavre et lui imposa les mains. Notre trigame éternua très fort sept fois et s'assit. « Que se passe-t-il ? » demanda le ressuscité. Sur le champ le djinn disparut.

Les deux dames vinrent allègrement au village avec leur mari.

Selon vous, parmi les trois femmes, qui a eu la meilleure solution après le décès de leur mari ?

6. LE MARIAGE ENTRE LE FEU ET LA FAMINE

Jadis il y eut mariage entre le feu et la famine. Le feu était l'homme et la famine son épouse. Selon la tradition, quand vous prenez une femme, vous devez la nourrir, cela est un devoir conjugal pour tout homme marié. Mais lorsque le feu a quelque chose à manger, il le consomme là où il l'a eu, et n'amène rien à la maison pour sa compagne se disant : « Pourquoi la nourrir ? Puisque le soir au lit, elle recueille en bas, le jus de tout ce que je consomme »

A la longue, exténuée par la faim, la famine-épouse, se révolta et demanda divorce. « Pourquoi voulez-vous quitter votre mari ? », l'interrogeait-on. « Mon mari est un égoïste, tout ce qu'il gagne il le mange seul et n'amène rien au foyer. J'en ai marre, si je dois me nourrir seule, autant rester chez mon père, je préfère le quitter », répondait-elle aux gens.

Lorsque les sages du village voulurent procéder à la séparation définitive du lien matrimonial, tous les arbres refusèrent de donner leur ombre, pour la palabre, disant qu'ils ne sont pas prêts à endosser la responsabilité d'un divorce. « Ce n'est pas sous mon ombre qu'on commettra de tel acte odieux », déclarait chaque arbre. Lorsque les sages s'approchaient d'un arbre touffu, celui-ci fuyait devant eux ; seul le *''balanzan''* = acacia albida les accueillit. Quand les vieux s'assirent sous son ombre pour prononcer le divorce entre le feu et la famine, les feuilles de l'acacia albida tombèrent sur eux. C'est pourquoi, malgré la pluie, cet arbre perd ses feuilles durant la saison hivernale.

Lorsqu'on divorça le couple, il s'est trouvé que la famine était en début de grossesse. Neuf mois après, elle mit au monde un enfant du nom de *Doungou* = la nudité : le manque de vêtements.

C'est depuis ce temps, quand il y a famine dans une famille, elle est toujours suivie de manque d'habits Doungou ; c'est ainsi qu'après un incendie dans un foyer, s'en suit le manque de vêtements, parce que la nudité (Doungou), est issue de l'union légitime du feu son père, et de la famine sa mère.

7. PEUT-ON CORRIGER LES VICES ?

Il était un jeune célibataire nommé Arê qui cherchait à se marier. Il partit dans un village trouver une belle jeune fille du nom de Assa, non encore fiancée. Lorsqu'Arê lui avoua ses sentiments, ses amis lui dirent : « Celle-là ne sera pas une bonne épouse, car elle est délaissée par tous les jeunes gens du village pour sa paresse. Elle est trop oisive, même si vous la mariez, le ménage ne fera pas long feu parce qu'elle est trop fainéante ».

Arê vint raconter à son père Sagou : « J'ai fais la découverte d'une charmante demoiselle que je voudrais épouser, mais mes camarades sont entrain de me décourager, en me disant qu'elle est trop paresseuse ». Son père lui répondit : « Si elle t'aime, va la chercher; j'ai le médicament qui guérit la paresse des jeunes filles ». Le jeune homme alla demander la main de la jouvencelle à ses parents qui la lui accordèrent. Il l'emmena à la maison comme femme. Mais avant son arrivée, le père d'Arê confectionna un long hangar qui va de la maison nuptiale jusqu'au marigot où viennent puiser toutes les femmes du village.

Le lendemain matin au réveil, elle alla au marigot. A son grand étonnement, elle vit un hangar de sa case jusqu'à la source d'eau. Au retour, Assa posa la question suivante à son beau-père : « Bôbô Sagou, pourquoi cet abri de mon habitation à la rivière, alors que chez les autres femmes il n'en existe pas ? ». « Ma belle-fille, répondit le sage, il y a certaines filles qui ne supportent pas tellement le soleil, je ne sais si tu es de cette catégorie, c'est pour t'adoucir un peu le climat que j'ai fait confectionner ce long abri ». La bru lui répondit : « Ah ! Je comprends, certes, vous avez appris que je suis oisive, et bien, je n'ai jamais eu la chance de travailler à mes propres comptes. J'ai toujours œuvré soit pour le bien d'autrui, soit pour le bien de la collectivité ; c'est pour cela que je faisais la paresseuse. Si je bénéficiais de ma sueur ; je n'aurais jamais fait la fainéante ».

Depuis lors, elle est devenue très laborieuse et bonne ménagère.

Une deuxième fois, M. Arê trouva dans un autre village, une gentille jeune fille du nom de Boussa, sans prétendant. Il se renseigna auprès d'un proche parent du faubourg, pourquoi une si grande fille n'est toujours pas mariée ? ». Son parent lui répondit : « La belle fille que tu vois, est de mœurs légères, elle est trop volage, c'est pour cette raison qu'elle n'a pas de fiancé fixe ». Arê vint dire à son père qu'il a vu une belle fille bien élancée et charmante, sans mari. Mon parent qui est là-bas trouve qu'elle est peu sérieuse : il me conseille de ne pas la prendre pour épouse si je ne supporte pas la jalousie, l'infidélité. Son papa lui répliqua : « Si elle veut convoler avec toi, emmène-là car j'ai le remède pour une fille de son genre ». Arê partit demander la main de Boussa. Comme il n'a pas de rival, le protocole ne fut pas long pour qu'elle rejoigne le foyer conjugal. Avant qu'elle ne vienne, son beau-père Sagou lui construisit une case à quatre portes faisant face aux quatre points cardinaux. Il fit un hangar devant chaque entrée. Boussa fut amenée dans la nuit. Le lendemain matin, elle s'aperçut que sa hutte a quatre portes contrairement aux autres maisons du village. Elle partit demander le sens d'une telle construction à son beau-père. « Il paraît que c'est toi qui as bâti ma demeure ; les vieux ne font rien sans signification, je voudrais connaître le sens d'un bâtiment à quatre portes ». « Ma fille ! Ma fille ! répondit Sagou, il y a certaines jeunes charmantes qui ont beaucoup de connaissances, or si vous êtes amis à de nombreuses personnes, ce n'est pas possible que tous vos amis soient amis, certains ne veulent même pas se voir. C'est cette raison qui m'a poussé à bâtir une maison à quatre portes afin que, quand vous êtes en train de causer avec un ami, et qu'un autre qui lui est antagoniste apparaît, que celui qui est dans la maison puisse s'éclipser sans être aperçu ». « Ah ! Je comprends beau-père, sans doute vous avez appris que je suis de mœurs légères. Eh bien ! Moi je courais parce que je n'avais pas d'époux. Maintenant que je suis mariée officiellement, et que j'appartiens à un homme, je ne cours plus ». Et Boussa devint une épouse des plus fidèles.

Dans une de ses randonnées, notre jeune galant fit la connaissance d'une troisième jeune fille élégante et svelte du nom de Tansa qui attira son attention. Après quelques conversations, il lui parla de mariage. Son ami qui l'accompagnait lui souffla discrètement à l'oreille, lorsqu'ils eurent quitté la jeune fille : « Mon cher, cette belle galante que tu vois, est une voleuse fieffée ; elle est pire qu'un rat voleur, si bien que dans le village, tout le monde se méfie d'elle. Aucun jeune ne voulut la marier ». Notre bonhomme s'empressa de revenir voir son père, tellement la jouvencelle lui plut. « Papa, je fis aujourd'hui la connaissance d'une galante jeune fille qui m'aime à mourir, mais mon ami dit qu'elle est détestée au village, parce qu'elle vole ». « Si elle t'aime, il n'y a pas d'inconvénients, va l'amener, je sais prendre les filles voleuses ».Dans sa maison nuptiale, le beau-père plaça dans tous les recoins, des canaris, qui contenant un foulard, une camisole, une robe, un pagne ; qui contenant divers bijoux : colliers, bracelets, boucles d'oreilles ; bref, la case contenait tout ce dont une jeune fille a besoin pour se parer et faire la jeunesse. A son arrivée Tansa trouva dans sa demeure une multitude de canaris. Elle ouvrit l'un qui contenait un foulard, ouvrit l'autre et y trouva des camisoles ; enlève le couvercle d'un troisième et aperçut des bijoux. Elle fit le tour de tous les ustensiles ou récipients et chacun contenait ce dont elle avait besoin pour se rendre belle. Tansa demanda à son mari quels sont ces innombrables canaris dans la maison ? Arê lui dit de s'adresser à son père Sagou qui les avait placés. « Beau-père, quels sont ces canaris qui encombrent ma maison, lui demanda-t-elle ? ». « Ma bru, répondit-il, il y a des jeunes filles qui envient les biens d'autrui, surtout quand il s'agit des bijoux, des parures. Je ne sais pas si vous faites partie de ces filles, je ne voudrais pas que ma bru tombe dans ce vice ». « Ah ! Je comprends, tout le monde crie partout que je suis voleuse ; moi je chipe, lorsque je suis dans la nécessité et qu'il n'y a personne pour m'aider à obtenir ce dont j'ai envie, je ne volerai jamais. Je ne le faisais pas par gaieté de cœur ».Depuis lors, elle n'a jamais cambriolé, et elle fut épouse exemplaire.

Dans ses excursions, car M. Arê se promenait beaucoup, il rencontra au marché de Mendolo, Mlle Wassa. Elle était élancée, charmante, de teint clair. Notre Don Juan tomba amoureux de cette belle jouvencelle. Après le marché, il l'accompagna jusqu'aux abords du village en se jetant des regards perçants et pleins de signification. Arê ne put se retenir pour lui proposer mariage. Son compagnon qui le suivait lui dit : « Tu n'as jamais entendu parler de Wassa ? Cette sorcière réputée pour les malheurs qu'elle cause à tout le monde. Elle ''mange'' l'âme des enfants, et est capable de disparaître et de réapparaître sous vos yeux. Combien de fois elle a effrayé des jeunes voyageurs nocturnes ? A toi de voir, car je ne connais pas tes capacités en sciences occultes. Revenu au village, Arê raconta encore de sa trouvaille à son père qui lui dit : « Mon fils, emmène-là, j'y trouverai une solution ». Avant qu'elle ne vienne, on lui construisit un bâtiment, en laissant au milieu du toit de la chambre à coucher une large lucarne. Et Sagou plaça dans tous les recoins des chambres, des haillons. Wassa vint trouver des tas de chiffons dans sa maison et une large ouverture au toit de son compartiment. Elle constata que les autres constructions du village n'étaient pas ainsi faites, puis elle s'adressa à son beau-père Sagou : Quel est ce bâtiment bizarre, avec grande lucarne et plein de vieux habits ? ». « Ma belle- fille, il y a certaines femmes qui se promènent beaucoup nuitamment et reviennent se coucher à des heures indues. Au retour, si elles trouvent la porte hermétiquement fermée, qu'elles puissent rentrer par la lucarne sans déranger personne. Quant aux chiffons, certaines personnes aiment ramasser les morceaux d'habits d'autrui pour des fins dont elles seules en connaissent l'usage. Si tel était ton cas, c'est pour te faciliter un peu la besogne ». « Ah ! J'ai compris. Vous avez appris certainement que je suis sorcière, je faisais ces choses diaboliques pour me défendre parce que je suis orpheline. Certaines personnes me donnaient des produits occultes pour me protéger contre les malfaiteurs. Maintenant l'état d'orpheline est fini, étant sous le toit d'un homme en épouse légitime »

Voilà M. Arê, mari de 4 femmes : Assa du *AROU*, Boussa de *BOUL*, Tansa du *TAMARI* et Wassa de *WÖ*, chacune ayant renoncé à son vice.

Quelques temps après, notre jeune homme rencontra de nouveau une autre jeune fille, nommée Tyissa, la plus belle et la plus charmante de sa contrée. Notre amoureux eut des yeux pour Tyissa et lui déclara ses sentiments. Son cousin qui connaissait bien la fille lui dit : « Parent ! Celle-là est trop têtue et n'écoute personne, même pas ses propres parents. Elle fait tout à sa tête et ne tient compte d'aucun conseil dans ses agissements. Actuellement tu as une famille paisible malgré tes 4 épouses. Mais si tu mariais celle-là, tu regretteras amèrement. - Arê va dire à Sagou : « J'aimerais prendre la plus belle fille de notre Commune en 5è nonce, Mlle Tyissa, mais mon cousin est en train de me le déconseiller, soit disant qu'elle est têtue ». « Ah mon fils, je n'ai aucune solution, aucun remède, aucune pédagogie pour faire raisonner un têtu, un obstiné. Tiens ! Je vais te narrer l'histoire d'une femme :

« Dans une famille, il y avait une dame qui s'appelait Donsa. Elle était têtue comme une mule. Elle n'acceptait aucun conseil. Un jour, elle partit dans une forêt où pullulent des bêtes sauvages, accompagnée d'autres femmes du village afin d'obtenir des fagots de bois secs. Suffisamment chargées, elles revinrent à la maison. Malheureusement Donsa y oublia son foulard et voulut retourner le prendre. Ses compagnes la dissuadèrent, car cette brousse est dangereuse. Elle tenait à repartir malgré les ricanements des hyènes. Son mari se proposa de l'accompagner, mais elle refusa disant qu'en plein jour, elle n'avait peur de rien. Son mari insista : « Ma chérie, si tu ne veux pas que je t'accompagne en brousse, renonce au foulard. Je vais t'en payer un autre car les bêtes féroces foisonnent et tu risques d'être dévorée ». « Je ne veux que de mon foulard égaré, pas un autre, parce qu'il n'y en a plus de pareil », répondit Donsa. Malgré les supplications de tous ceux qui étaient là, Donsa n'écouta personne et revint sur leurs pas, seule dans la brousse. Elle tomba dans le guet-apens d'une hyène affamée qui attendait une proie. Comme, jusqu'au soir Donsa ne revenait pas, tous les jeunes du village sortirent à sa recherche et ne trouvèrent d'elle que des squelettes, les hyènes l'ayant dévorée. Son mari, ses parents et toute la population ont pleuré longtemps son absence, car elle était la plus belle dame du village, mais

Donsa a été victime de son obstination. Mon fils, si tu n'es pas Donsa, abandonne Tyissa ». - En enfant sage, Arê renonça à Tyissa et se contenta de ASSA, BOUSSA, TANSA et WASSA.

MORALITE :

Il y a une stratégie, des moyens de corriger tous les vices, mais il n'en existe pas pour l'entêtement. Méfiez-vous des têtus qui n'acceptent aucun conseil venant de qui que ce soit.

8. UNE FILLE EXIGENTE POUR SON MARIAGE

Il était une fois, une très belle jeune fille nommée Ouani Bonon. Elle n'eut pas d'égale en beauté dans toute la contrée, et ne voulut point se marier.

Tous les jeunes galants voulurent la posséder, mais en vain. « Pourquoi ne veux-tu pas te marier ? » : lui demandèrent les jeunes gens. « Je ne veux me marier qu'à un jeune homme qui puisse faire courir un lion le jour du décès de ma mère, comme on ferait courir un cheval. Tous les jeunes hommes se découragèrent, car il n'est pas aisé de domestiquer le roi de la brousse. Seul un téméraire du nom de Sêry, qui ne voulut pas démordre, tellement il tenait à épouser cette belle jouvencelle.

Un jour en se promenant, il découvrit dans la forêt deux jeunes lionceaux qui dormaient dans une tanière. Il revint à la maison, tua un de ses gros moutons, le partagea en deux et amena un quartier pour le donner à manger aux lionceaux .Lorsque la lionne revint bredouille de sa chasse, elle trouva un gros morceau de viande devant ses enfants. Très contente, elle remercia intérieurement ce donateur anonyme, parce que dit-elle, sans lui mes enfants dîneraient avec les anges cette nuit. Deux, trois jours après, notre téméraire amena encore aux lionceaux la deuxième partie de son mouton abattu le jour précédant. La lionne revint trouver de nouveau de la viande devant ses enfants alors qu'elle n'a rien eu en brousse. Alors elle se dit que, peut-être ce bienfaiteur est à la recherche de quelque chose. Trois jours après, au lieu d'aller chasser, la lionne se camoufla dans un buisson non loin de son antre pour voir le généreux bienfaiteur. Sans le savoir, Sêry tua un second bélier aux fins de nourrir les jeunes lions. Lorsqu'il partit déposer son morceau de viande aux jumeaux de la lionne, cette dernière sortit de sa cachette et lui barra la route : « J'ai vu tes gestes charitables. Que veux-tu au juste ? », interrogea la lionne. Le bonhomme sans frayeur lui fit part de la déclaration de Ouani-Bonon et de son intention de la marier coûte que coûte. Le roi de la brousse lui répondit que cela n'était pas un problème : « Comme tu m'as fait du bien, je voudrais te récompenser. Va préparer tout le harnais d'un cheval ; lorsque tu seras prêt avertis moi ».

Sêry se pressa de venir au village pour se préparer. Il acheta une petite selle, juste pour le dos d'un lion, une paire d'étriers et d'éperons, une œillère adaptée au visage du fauve, des brides auxquelles est attaché un mors. Bref, quand tout fut prêt, il partit avertir son ami. Le roi de la brousse lui remit un vieux chiffon attaché, contenant une mixture de produits dont lui seul connaît les vertus. « Va jeter ce chiffon là où passe la mère de ta fiancée. Si par mégarde son pied s'y heurtait, elle tombera raide morte ». Sêry partit déposer le chiffon à un angle de la concession que contourne quotidiennement sa future belle-mère pour rentrer dans sa maison. Vers 16 heures, la bonne dame, du retour d'une causerie chez une voisine, sans se rendre compte, butta contre la fameuse boule de chiffon et tomba sur le champ face contre terre. On la transporta dans sa chambre et, quelques minutes après, elle rendit l'âme.

Selon la coutume dogon, les parents se réunirent pour envoyer des émissaires afin d'informer parents, amis et connaissances lointains, du décès de la future belle-mère de Sêry. Comme dans le milieu Tomon on n'enterre pas une femme la nuit, néanmoins, les jeunes sortirent creuser la tombe, et notre homme profita de l'obscurité pour aller dire à la lionne du trépas de sa future belle-mère. « Demain matin, viens me harnacher et monter sur moi afin que je puisse courir à la levée du corps comme on le fait de coutume avec le cheval », dit la lionne.

Après le dîner, pour que les gens oublient leur affliction, un pagne ceint autour de la taille, foulard à la tête, on assit le cadavre sur du bois, maintenu de droite à gauche par des planches. On chanta les louanges des femmes à la guitare africaine toute la nuit devant le corps de la défunte qu'on croirait vivante. Au petit matin, on lava son corps et sa fille Ouani-bonon versa 4 fois de suite la première eau sur elle en disant le patronyme de sa mère d'abord, suivi de celui de son père : « Arama Sossiguè, Arama Sokanda, si tu n'as pas craint les yeux rouges du Bon Dieu ce jour pour mourir, je te pardonne, va rejoindre tes ancêtres ». Après la toilette funéraire, on lui mit un petit pagne autour des reins avec un mini- foulard de tête, on l'enveloppa dans un linceul blanc en cotonnade. On lui attacha à chaque pied le « Yanoumou-pendé », une ficelle qui va du gros orteil au tibia. Puis on enduisit ses deux pieds de « Founagnadiou », fait de farine de millet que des jeunes filles vierges ou des femmes en ménopause, pilent uniquement à trois, ensemble et sans arrêt avec leur main gauche, jusqu'à ce qu'on obtienne de la pâte de farine. Ensuite on attacha le cadavre à la civière faite de planche sur lesquelles elle se couchait de son vivant, avec le « Djédjékan » = ''fil de chaîne du tisserand'', et que l'on place à l'entrée de la porte juste les pieds dehors. Chaque parent vint jeter à ses pieds des cauris ou des jetons de monnaie le « Kô'ôda'a », comme pour lui dire : prends cette somme pour t'acheter quelque chose sur le long chemin de l'au-delà que tu empruntes. C'est après tout cela que le corps fut transporté pour l'inhumation.

Pendant ce temps, Sêry, monté sur son lion attend impatiemment que les gens soient hors du village pour se présenter. A peine la foule surgit du village, notre lionne courut à toute vitesse avec son cavalier, à la rencontre du cortège funèbre et se jeta à plat ventre devant elle. La fiancée, prise de peur, fit 7 fois dans son pagne et tout son corps fut couvert d'excréments et une nuée de mouches l'entoura sur le champ. Tout le monde se mit à crier : « C'est Sêry le cavalier de cette lionne, c'est Sêri qui fait courir la reine de la brousse, on doit lui donner Ouani-Bonon ». Le jeune homme tira sur les brides et le lion se releva pour prendre la direction de la tombe. Il la contourna et d'un coup d'éperon, Sêry excita sa monture et le fauve revint encore à toute allure se vautrer devant la belle et celle-ci, piqua une nouvelle crise, et déféqua de nouveau 7 tas d'excréments et une odeur nauséabonde se répandit dans l'air.

Accompagné de chants et de danses des jeunes filles mêlés aux pleurs des proches parents, le cortège funèbre est conduit au cimetière. Après l'enterrement, tout le monde revint au village sauf la fille, qui couverte de honte, n'a pu aller jusqu'au cimetière.

Après les sacrifices du 4è jour, pour tenir parole, les parents ont voulu remettre Ouani-Bonon à Sêry. A la grande surprise de tout le monde, le jeune homme refusa la main de la fille disant : « Ouani-Bonon est une fille trop exigeante. Aujourd'hui j'ai pu me procurer d'un lion comme monture, mais lorsqu'elle sera mon épouse légitime, je ne sais pas ce qu'elle va me réclamer qui pourrait mettre ma vie en péril.

MORALITE :

Il est normal de poser certaines conditions pour son mariage, mais pas ce qui risque la vie humaine.

9. LES PLEURS DES LIONCEAUX

Il était une fois une lionne qui avait mis bas deux faux jumeaux dans la forêt. Avant d'aller chasser pour les nourrir, elle leur donna cette recommandation : « Grirr ! Girr ! Nous sommes des enfants de la reine de la brousse ! Grirr ! Grirr ! Nous sommes les enfants du roi de la brousse. C'est ainsi qu'il faut rugir jusqu'à mon retour de chasse ».

Comme ils rugissaient selon les consignes de leur mère, un singe vint les trouver, et leur demanda : Quelle est cette manière de pleurer ?

Les lionceaux lui répondirent: Nous sommes les enfants de la lionne, la plus forte de la forêt. On ne peut rien contre nous, c'est pour cette raison que nous rugissons ainsi ; Grirr ! Grirr !

Le singe : Cela n'est pas une bonne manière de rugir. Je vais vous apprendre à crier : « Cherche ta tête afin que tu sois heureux sur cette terre ! Il faut se chercher sur cette terre afin d'être heureux dans la vie ! ». C'est ainsi qu'il faut rugir.

Les lionceaux abandonnèrent la consigne de leur mère pour rugir selon la recommandation du singe : « Cherchons nos têtes afin que nous soyons heureux sur cette terre où il en coûte trop cher pour briller ».

Pendant que les lionceaux jumeaux répétaient le refrain du singe, leur maman arriva : « Qu'est-ce que c'est que cette histoire ? Qui vous a appris à rugir de cette sorte?, dit la lionne

Les lionceaux de rétorquer : c'est le singe.

La lionne de poursuivre : Le singe ? Pour qui se prend-il ? Cette espèce de moindre importance, pour venir semer le désordre dans la cour royale des lions ? . Cessez ce cri lugubre pour reprendre ce que je vous ai enseigné : «Grirr ! Grirr !nous sommes des enfants du lion, roi de la forêt ! Grirr ! Grirr ! Nous sommes des enfants du lion (,) roi de la brousse. »

La lionne déposa la viande qu'elle avait apportée et repartit pour la chasse encore. Pendant que les lionceaux rugissaient comme les princes de la forêt, arriva de nouveau le singe. Il les gronda :

Le singe : Qu'est-ce que je vous ai dit ? Cessez immédiatement ces rugissements de lion pour reprendre ce que je vous ai recommandé.

Les pauvres lionceaux, reprirent en chœur : « Il faut se chercher dans ce monde pour vivre heureux sur cette terre. »

La lionne revint une deuxième fois trouver encore ses petits en train de pleurer selon la consigne du singe.

La lionne : Qu'est-ce que je vous ai dit ? Cessez ces rugissements de pauvres gens, et reprenez la chanson royale : Grirr ! Grirr ! Nous sommes les princes du roi de la brousse ». Elle déposa la ration de trois jours à ses enfants et repartit pour la brousse.

Lorsque le singe revint pour la troisième fois, retrouver ses lionceaux en train de rugir selon le désir de leur mère, il leur dit : « Si vous êtes princes de la brousse on verra. Continuez de rugir ainsi, on verra si vous êtes les princes de la brousse » Il prit une brindille pointue, creva les yeux des deux faux jumeaux et monta se percher sur l'arbre sous lequel gisaient les dits princes aux yeux crevés.

Lorsque la reine de la forêt revint de sa chasse pour une troisième fois, elle trouva ses petits les yeux crevés qui chantaient : « Il faut se chercher dans ce monde afin de vivre heureux, car il en coûte trop cher pour y briller »

La lionne leur demanda : Qu'est-ce que c'est que cela ?

Les lionceaux répondirent: C'est l'œuvre du singe.

La lionne : Où est-il parti ce singe ?

Le singe : Me voici dans l'arbre.

La lionne tente de grimper sur l'arbre mais le singe sautait d'un arbre à un autre. La lionne se mit à griffer le tronc de cet arbre avec fureur, mais le singe continue d'un arbre à un autre plus proche. La lionne ne peut monter dans les arbres, et le singe ne descend pas. De la sorte, d'arbre en arbre ils s'éloignèrent de l'antre des lionceaux.

Un chasseur vint trouver les jeunes lionceaux bien gras mais aveugles : « Eh bien ! Inutile de gaspiller poudre et balles » A coup de hache, le chasseur assomma sans peine les deux lionceaux, les égorgea, les chargea afin de les emmener au village où il fut accueilli comme un des plus braves chasseurs de la contrée.

Ne pouvant rattraper le singe, la lionne revint chez elle, mais plus d'enfants. Elle n'a pu se venger du singe qu'elle ne put rattraper, et elle perdit bêtement ses chers enfants. Le singe eut raison de la lionne : « Cherche ta tête afin que tu sois heureux sur cette terre »

C'est pour cela que la sagesse Dogon recommande toujours la modestie dans ce monde, pour qui veut vivre longtemps.

10. UN GENEREUX ENFANT PRODIGUE

Il était une fois, le fils d'un richard qui demanda sa part d'héritage à son père avant d'aller en exode pour chercher plus de richesse. Matin et soir il réclamait chaque fois sa part d'héritage à son père.

Un jour le richard mit la main dans sa poche et sortit 30 pièces d'or pour les lui remettre. Dès le lendemain matin, il prit la route de l'aventure. Il marcha toute la journée. Au crépuscule il arriva à un village où il logea chez la première famille rencontrée. Au dîner, son logeur ne pouvait manger à cause de soucis. A chaque tartine, il remuait la tête et claquait la langue.

L'étranger : Qu'est-ce qui vous tourmente ?

Le logeur : Il y a quelqu'un qui a trépassé dans la ville depuis hier dans la nuit, depuis le matin jusqu'au soir, nous n'avons pas pu l'inhumer, et nous sommes retournés au village avec le cadavre ».

L'étranger : Et pourquoi cela ?

Le logeur : Chaque fois que nous le mettons dans la tombe, son créancier vient l'enlever en disant : « Tant qu'il n'a pas payé ma dette, on ne va pas l'enterrer ». Comme parmi nous, personne n'est capable de rembourser cette dette, on est revenu avec le corps qu'on va tenter d'enterrer demain. Peut-être que le créancier reviendra à de meilleurs sentiments, la nuit portant conseil.

L'étranger : Cessez de grincer des dents et mangez tranquillement sans inquiétude. S'il plaît à Dieu, votre cadavre sera dans son sépulcre demain.

Le lendemain, on porta le corps au cimetière. L'étranger entra dans la tombe. Lorsqu'il voulut y déposer le pauvre, le créancier prit le pied du cadavre et tira.

L'étranger : Qu'est-ce qu'il y a ?

Le créancier : Il a ma dette, il me doit de l'argent.

L'étranger: Combien ?

Le créancier : Trente pièces d'or.

Tenant de la main gauche le cadavre, il mit la main droite dans sa poche et sortit les 30 pièces d'or pour les lui remettre.

L'étranger: Va compter, si le compte n'est pas bon, je viendrai payer le reste après l'inhumation.

Le créancier trouva que les 30 pièces couvraient la dette. Ainsi il rentra chez lui. Les villageois enterrèrent paisiblement leur défunt qui commençait à se décomposer, et revinrent à la maison mortuaire. Après les remerciements de tous ceux qui ont œuvré pour l'inhumation de ce pauvre débiteur, le généreux prodigue demanda des bénédictions à l'assemblée, car : « Je suis de passage et je vais à la recherche de la richesse », dit-il. « Vous qui venez de débourser 30 pièces d'or gracieusement pour un inconnu, vous allez encore chercher plus que cela ? : que Dieu vous accompagne et vous ouvre les portes de la chance », lui dirent les assistants.

L'étranger continua son chemin. Arrivé en pleine brousse, il s'arrêta sous un arbre bien touffu à un carrefour de trois chemins. Pendant qu'il se reposait, vint un inconnu envoyé par la Providence pour lui apporter richesse. Il salua le prodigue et l'interrogea :

L'inconnu : D'où venez-vous ?

Le prodigue : Je viens de Doundjourou mon village.

L'inconnu : Où allez-vous ?

Le prodigue : Je vais à l'aventure

L'inconnu : Qu'allez-vous chercher en exode ?

Le prodigue : Je vais chercher de la richesse.

L'inconnu : Moi aussi je pars chercher la richesse, donc faisons chemin ensemble et ne nous contredisons point durant notre parcours.

Ce pacte conclu, nos deux compagnons, après s'être reposés sous ce même arbre, continuèrent leur route et arrivèrent à l'entrée d'un village. Voilà que passe une belle jeune fille devant eux. Le généreux enfant prodigue déclara :

Le prodigue : Mon ami, j'aime cette jouvencelle en mariage.

L'inconnu : Si tu l'aimes, je vais t'aider.

Le généreux fit une déclaration d'amour à la jeune fille, et celle-ci répondit :

La jeune fille : Attendez-moi ici, je suis en commission de mon père. Dès que je serai de retour, nous irons chez mes parents ensemble.

A son retour, ils allèrent voir son père, et la fille prit la parole :

La jeune fille : Papa ! Ces jeunes veulent demander ma main, c'est pour cette raison que je les ai conduits chez toi ; s'ils m'aiment, moi je les adore.

Le père : Si tu les aimes, je vais leur accorder ta main.

Les étrangers : Comme c'en est ainsi, nous allons rester ici à travailler. Lorsque nous aurons le prix de la dot, nous la marierons.

Son père leur donna son accord de principe. Le futur beau-père leur servant de logeur, ils travaillèrent de champ en champ, de chantier en chantier, firent les manœuvres. Ils finirent par obtenir la dot. On célébra le mariage et la fille transféra chez son mari le généreux prodigue.

La première nuit de miel, l'inconnu causa longtemps avec les nouveaux mariés, leur souhaita une nuit de doux rêves, feignit d'aller se coucher, mais se cacha derrière leur porte. Pendant que son ami s'apprêtait à ''faire la bête à deux dos'', un serpent sortit du ventre de la nouvelle mariée pour aller chez l'époux. Rapidement l'inconnu prit un couteau, trancha la tête du reptile. Le serpent retourna dans le ventre de la mariée et l'inconnu empocha sa tête et repartit se coucher. Ils vécurent longtemps ensemble, puis l'épouse tomba enceinte et accoucha d'une fille. Entre temps, l'argent qu'ils avaient accumulé pouvant entretenir la jeune maman et son bébé pendant un certain temps, ils le remirent au beau-père en disant : « On espère que cette somme pourra entretenir notre femme et son enfant à notre absence. Nous allons continuer notre route à la recherche d'une grande richesse ».

Arrivés à destination, ils œuvrèrent dur et amassèrent suffisamment de biens. De retour, ils firent halte chez le beau-père. Entre temps leur fille a grandi et est devenue adolescente. Tout en remerciant le logeur, ils demandèrent la route pour le pays natal. Le beau-père déclara : « Depuis que vous nous avez quitté, personne n'a touché à votre femme. Donc retournez avec elle et sa fille ». Aussitôt dit, aussitôt fait. Ils firent les bagages de chacun d'eux : les deux amis, leur épouse et sa fille. Chacun se chargea de sa valise et quitta le village d'accueil. Ils arrivèrent à l'arbre du carrefour où les deux compagnons s'étaient rencontrés. Bien touffu, ils s'y reposèrent un moment. Mais au moment de reprendre le chemin, le camarade du prodigue déclara :

L'inconnu : Ami ! C'est sous cet arbre que nous nous sommes rencontrés, et c'est donc sous cet arbre que nous allons nous séparer. Comment allons-nous procéder au partage de nos biens communs ?

Le prodigue : Tu vas prendre le bien matériel, et moi la femme et sa fille

L'inconnu : Non ! Je ne suis pas d'accord !

Le prodigue : Dans ce cas, je vais prendre le matériel et je te cède la femme.

L'inconnu : Je ne suis pas pour ce partage non plus.

Le prodigue : Donc prends la femme et le matériel, je prends la fille.

L'inconnu : Non !

Le prodigue : Mais comment faire alors ? Fais donc ta proposition.

L'inconnu : Le bien matériel et la femme je te les cède. C'est la fille que nous allons partager. Comme ce sont trois routes qui se séparent ici, tu te mets sur le chemin de droite, moi sur celui de gauche, et la fille au milieu entre nous, pendant que sa mère se tiendra sur le sentier du centre. Tu prends le bras droit de l'enfant et moi le bras gauche. Chacun tire de son côté jusqu'à ce que l'adolescente se déchire sous le regard de sa mère. Le morceau que tu auras d'elle, est ta part, et l'autre la mienne.

Comme le pacte établi entre eux, était de ne pas se contredire, le généreux prodigue accepta la proposition. Lorsqu'ils commencèrent à la tirer, l'adolescente cria très fort et sur place sa mère eut une sueur froide et poussa spontanément un grand cri d'émotion. Avec ce cri, le serpent qui résidait dans son ventre s'étendit par terre. Sur le champ l'inconnu lâcha le bras de la fille, sortit la tête du serpent qu'il avait gardée dans sa poche et la jeta sur le serpent :

L'inconnu : Mon ami ! Reconnais-tu ce serpent ?

Le prodigue : Non !

L'inconnu : Demande à ta femme. Elle s'est mariée 7 fois, ses 7 maris sont tous décédés dès la première nuit de miel. Dans la nuit, dès que le mari voulait s'approcher de sa nouvelle mariée, ce reptile sortait le mordre, et on le retrouvait mort dans son lit le lendemain. Ainsi, elle perdit 7 maris de suite. C'est pour cette raison qu'elle se retrouve maintenant chez son père sans mari, sans prétendant, 7 fois veuve. Dès que j'aperçus la femme, je reconnus qu'elle était hantée par un méchant serpent, mais je ne t'avais pas averti. La nuit de la consommation de votre mariage, je m'étais caché derrière votre porte. Quand j'aperçus le reptile qui sortait de la mariée pour te mordre, je lui ai coupé la tête que j'ai mise dans ma poche. Le reste du corps est retourné dans le ventre de ton épouse que voici. Tant que ce reptile restera dans son ventre, après notre séparation, il va y pourrir et elle en mourra. Le seul procédé de le faire sortir, est de provoquer un gros stress, une forte émotion. Lorsque, sous le regard d'une femme, on fait déchirer la chair de son propre enfant, l'émotion qu'elle va ressentir fera sortir ce serpent. C'est pour cela que j'ai organisé cette scène afin qu'elle se libère du reste du serpent. Maintenant que ma stratégie a réussi, ton épouse s'est libérée du dangereux reptile. Prends ta femme, ta fille, et même tous les biens que nous avons amassés ensemble. Dieu m'a envoyé auprès de toi pour te récompenser du bien que tu as fait à un inconnu en payant 30 pièces d'or contre la dette de ce pauvre créancier. Je suis venu pour t'aider à t'enrichir. Je ne suis pas un humain, à plus forte raison convoiter une femme, un enfant et autres biens. Et l'inconnu disparut.

MORALITE :
Le bienfait n'est jamais perdu.

11. DERNIER CONSEIL D'UN HOGON A SON DAUPHIN

Le Ogon du Arou donna ce conseil à son fils aîné : Ebê-Bôlôgara-Dembé, avant de mourir. « Lorsque je serai absent de ce monde ici-bas, si tu as des inquiétudes, des soucis ; si tu ne sais à quel saint te vouer, va demander conseil au corbeau, tout ce qu'il te dira, prends-le au sérieux. Mais si cela ne te satisfait pas, pars consulter le boa. Si l'avis de ce dernier ne te convainc pas, va solliciter la vipère. Tout ce qu'ils te diront, prends-le pour argent comptant ». Puis il mourut.

Le Dauphin fit des obsèques dignes d'un Ogon à son père. Quelques temps après, il va causer au Togouna avec les hommes. Tout ce qu'il dit, est sujet de contradiction. Un jour, énervé, Ebê déclara : « Pourquoi contredisez-vous toute parole que je prononce ? ». « Jadis, lorsque vous racontiez, même des sottises, tout le monde vous applaudissait ; c'était grâce à votre père Ogon. Maintenant qu'est-ce que vous êtes ? », lui répliqua un homme. Voyant que les gens n'ont aucune considération pour lui, il se mit à réfléchir et se souvint des recommandations de son père : Si tu as des problèmes, consulte le corbeau, le boa et la vipère. Un jour, Ebê se leva de bon matin et se dirigea vers le nid du corbeau qu'il salua. Ce dernier lui répondit : « Est-ce la paix ? Car je n'ai pas coutume de vous voir ici ».

Ebê : « La paix seulement. Mon père qui était Ogon, en mourant me conseilla de vous consulter en cas de problèmes. Comment faut-il se conduire dans cette vie. C'est ce qui m'amène ici ce matin ».

Corbeau : « Si vous voulez rester tranquille sur cette terre, soyez toujours inquiet, vigilant comme je le suis. C'est cela que votre père vous a recommandé. Mais les gens vous traiteront de froussard ».

Revenu au village, il n'était pas satisfait du conseil du corbeau : Toute une vie, il faut être anxieux, être sur ses gardes, cela ne fait pas mon affaire. Le surlendemain matin, Bologara-Dembé prit son bâton de pèlerin et alla trouver le boa :

Ebê B.D : « Bonjour frère Boa ! »

Boa : « Bonjour ! Est-ce la paix frère humain ?, je n'ai pas coutume de vous rencontrer chez moi ».

Ebê B.D : « N'ayez pas peur, c'est la paix seulement. Mon père en mourant me recommanda de vous consulter en cas de problèmes. Comment faut-il se comporter dans la vie. C'est ce qui me conduit ici ».

Boa : « Votre père vous a dit d'être patient, aussi bien dans le bonheur que dans les temps difficiles, quel qu'en soit le coût ».

Ebê revint réfléchir à la maison toute la journée, toute la nuit : Qu'on vous fasse du bien ou du mal, il faut tout supporter, se dit-il, cela ne me rassure pas. Pour une troisième fois, Ebê alla trouver la vipère dans son trou et la salua le matin de bonne heure :

Vipère : « Est-ce la paix, M. Bologara-Dembé ? De si bon matin, car je n'ai pas l'habitude de vous voir ici ».

Ebê : « La paix seulement. Mon père Ogon, en mourant m'a conseillé de vous consulter; chaque fois que j'ai des problèmes dans la vie, de demander votre avis pour savoir, comment se conduire ici-bas. C'est ce qui m'amène ici ».

Vipère : « En vous envoyant vers moi, votre papa voulait vous dire de retenir votre langue. Si vous arrivez à la maîtriser, vous pourrez vivre aisément avec tout le monde, et votre voisinage pourrait vivre paisiblement à vos côtés. Mais si vous ne retenez pas votre langue, vous allez gâter votre nom. Je suis l'un des plus petits serpents, mais si tout le monde me craint, c'est avec ma bouche que j'ai gâté la réputation de tous les reptiles venimeux. Voilà le message que votre père voulut vous communiquer à travers ma modeste personne. Quoi qu'il vous arrive, retenez votre langue ».

Après maintes réflexions, Ebê-Bôlôgara-Dembé a conclu : Mon père voulait me dire que pour vivre heureux, il faut :

Savoir maitriser sa langue,

Etre patient et vigilant,

En me dirigeant vers la vipère, le boa, et le corbeau, il m'a conduit vers les trois vertus principales pour vivre heureux dans la société.

12. LE SALAIRE DU MAUVAIS VOISINAGE

Le goburu (*guiera sénégalensis*), le andanga (combretum gasalense), et le kwèlè (piliostigma tonnigii), trois arbres qui vivaient ensemble dans une savane, mais en mauvais voisinage.

Le Goburu possédait un remède contre la fièvre, alors que le Kwèlè n'en avait pas. Un jour, Monsieur Andanga tomba gravement malade de paludisme. M. Kwèlè alla trouver M. Goburu lui dire :

M. Kwèlè : « Notre voisin Andanga est gravement malade d'accès pernicieux, cherchons à le soigner ».

M. Goburu : « M. Andanga ne m'aime pas, je ne suis pas d'humeur à le soigner ».

M. Kwèlè : « Attention M. Goburu! Si votre voisin meurt, les conséquences du décès sont nuisibles pour son entourage ».

M. Goburu : « Il n'est pas question que je vous donne mon produit pour soigner mon ennemi »

M. *Kwèlè* a beau prier M. *Goburu*, il n'obtint pas satisfaction et M. *Andanga* mourut. Quelques temps après, des coupeurs de bois de chauffe pour des funérailles, arrivèrent par là et virent un Andanga mort. Ah ! Quelle aubaine ! Cet arbre ne serait-il pas sec ? Ils s'approchèrent et constatèrent que non seulement il est mort, mais il commence à être vermoulu. Facile à couper, nos bucherons débitèrent le Andanga jusqu'aux racines pour en faire plusieurs fagots. Mais avec quoi les attacher puisqu'ils n'ont pas amené de cordes. « Ce n'est pas un problème, dit l'un d'eux. Voilà un Kwèlè tout fibreux. On s'est toujours servi des fibres de cet arbre pour lier quoique ce soit en brousse ».Ils allèrent mutiler ses plus belles branches pour attacher les nombreux fagots de bois du Andanga. « Mais, avec quoi allons-nous porter ces fagots ? Car personne parmi nous, n'a apporté un coussinet. Si nous nous servons de nos vêtements, il n'est pas bon de traverser le village torse nu », déclara un autre. « Cela n'est pas un problème, voilà un goburu touffu, ajouta un troisième : dans les champs, lorsqu'on manquait de coussinet, on se servait de ses rameaux bien verts qu'on attachait pliés, pour porter nos charges.

Lorsque les charbonniers prirent le chemin du village, chargés des fagots du andanga, M. Kwèlè vint voir M. Goburu et lui dire : « Tu vois, on t'a mutilé de tes belles branches et écorché tes côtes, et moi les doigts et les mains coupés. Si nous avions soigné M. Andanga, il ne serait pas mort à plus forte raison que des intrus viennent nous blesser, nous handicaper. C'est le salaire de notre mauvais voisinage ».

Et le conteur d'ajouter : *« Il ne faut jamais dire que le problème du voisin ne me concerne pas, car ses malheurs peuvent avoir des conséquences dangereuses pour l'entourage.*

13. ORIGINE DE L'ARACHIDE BLANCHE

Il était une fois, deux coépouses. Au moment des semailles, l'une des femmes vint à perdre sa mère. Elle fut obligée d'aller aux funérailles alors qu'elle avait déjà décortiqué et trié ses semences d'arachides, prêtes à être ensemencées.

Plusieurs jours après son départ, pendant que tout le monde avait fini de semer, les enfants de sa coépouse décidèrent d'aller semer les arachides de leur marâtre. Mais leur maman jalouse, alla prendre clandestinement la semence de sa coépouse, la torréfia dans une marmite en prenant bien soin d'enlever même les enveloppes rouges qui entourent les graines, et la remit à sa place. Les enfants n'étant au courant de rien, partirent semer les arachides grillées. Miraculeusement, elles germèrent et poussèrent bien. De retour des obsèques, elle bina son champ et fit la meilleure récolte en arachides dans le village cette saison là.

Mais curieusement, les graines d'arachides, au lieu d'être rouges, avaient des enveloppes blanches. Voilà l'origine de l'arachide blanche.

MORALITE.

Voilà encore, comment la providence secourt les pauvres gens.

14. QUI EST LE PLUS BRAVE ?

Il était une fois, trois jeunes hommes qui voyageaient ensemble. Arrivés en pleine brousse, une souche de karité mort se hissait sur leur chemin.

Le 1er jouvenceau, pour montrer sa bravoure, prit un long fouet bien flexible et cravacha la souche. Celle-ci sur le champ, reverdit, grandit, poussa des branches et des feuilles. Ce fameux karité fleurit, donna des fruits qui murirent sur place. Le tout à moins d'une minute.

Le 2ème bonhomme, regardant des karités bien mûrs et succulents, monta dans l'arbre, le secoua branche par branche et redescendit avant que les fruits ne tombent, étendit son boubou et tous les karités y tombèrent sans qu'aucun ne touche terre. Voici frères, mangeons ces karités bien charnus et très juteux. Le tout en quelques secondes.

Lorsqu'ils eurent fini de déguster tout ce karité, le 3ème jeune homme dit : « Nous n'allons pas jeter toutes ces noix inutilement ici. Nous les amenons à notre belle-mère afin qu'elle en fasse du beurre ». Il les attacha solidement en fagot. Ils amenèrent ce fagot de noix de karité (on ne sait par quel miracle il a pu les attacher en fagot), à leur belle-mère au village, et le lui donnèrent par le mur en disant : voilà des noix de karité, nous arrivons pour boire de l'eau fraîche.

Avant que ces jeunes gens ne contournent sa maison et entrent chez elle, la belle-mère a torréfié, décortiqué et écrasé ces noix pour en faire du beurre de karité. Elle leur présenta un grand pot de beurre en disant : voilà ce que j'ai pu faire de vos noix. Allez en donner à vos femmes, mes filles, pour leur cuisine et autres utilisations.

Selon vous, quel est l'acte le plus fabuleux des quatre personnages ?

15. LA CREATION DU GENRE HUMAIN

Jadis, Dieu créa tous les hommes noirs. Puis Il les invita à un bain extraordinaire dans une piscine. Le premier qui s'y plongea sortit tout blanc de l'eau et devint l'ancêtre des Blancs.

Le deuxième personnage qui y entra sortit tout jaune. Ce fut l'ancêtre de la race jaune.

Le troisième qui s'y lava devint tout rouge. La race rouge, les Indiens seraient ses descendants.

Voyant que tous ceux qui se baignaient dans cette eau mystérieuse changeaient de couleur qu'il n'appréciait point, le quatrième homme se contenta d'imposer à la surface de l'eau, les paumes de ses mains et les plantes de ses pieds qui changèrent également de couleur. C'est cet homme primitif qui est l'ancêtre des Noirs.

C'est pour cette raison, bien qu'ayant la peau brune, tous les Noirs ont les paumes de leurs mains et les plantes de leurs pieds, toujours blanches. Sinon, à la création tout le monde était NOIR.

Ce n'est pas moi qui l'ai dit, ce sont nos aïeux qui l'ont raconté ainsi.

16. NUL NE SE SUFFIT A LUI-MEME

Un jour, des enfants pourchassaient un petit oiseau pour le tuer. L'oiselet volait par-ci, volait par-là afin d'échapper à ses assassins. Il vient se confier à l'éléphant, « Eléphant, je suis poursuivi par les enfants que voici. Ils veulent me mettre à mort. Je me confie à vous et à Dieu ; de grâce, il faut me sauver ». L'éléphant fit des grimaces et gratta le sol pour effrayer les enfants qui prirent leurs jambes au cou. Ainsi l'oiselet eut la vie sauve.

Quelques temps après, vint un chasseur guetter l'éléphant pour le fusiller. Il s'approcha suffisamment de lui, puis il tira : Boum !. Il était un excellent tireur ; il atteignit le mastodonte à la trompe, et celui-ci s'écroula par terre. L'oiselet prit l'envol et s'en alla. L'éléphant l'appela : « Hé oiseau ! Tu es si méchant, si ingrat ? Tu as certainement vu venir ce chasseur ; tu aurais dû m'avertir, puisque je t'ai protégé des enfants ». L'oiselet de lui répondre : « Effectivement j'ai bien vu le chasseur vous guetter, puisque vous vous croyez autosuffisant, vous ne vous êtes pas confié à moi, me pensant trop petit pour vous protéger. Adieu mon ami ! ». L'oiseau s'en alla laissant là, le mastodonte gisant à terre. Ainsi mourut notre géant, se croyant suffisant.

MORALITE :
On a toujours besoin d'un plus petit que soit. Nul ne se suffit à lui-même.

17. LIBRE CHOIX

A la création du monde, Dieu demanda à chaque créature de venir prendre ce qu'elle voulait.

Le vent se présenta en premier lieu. Le créateur lui demanda ce qu'il voulait : « Je voudrais la force physique », dit-il. « Prends-la et va-t-en ».

Le feu vint en deuxième position, et demanda le courage et l'audace. La Providence les lui accorda.

L'eau se présenta en troisième lieu pour solliciter de la valeur dans toute chose. Et le créateur lui offrit tout ce qui a du poids, de la valeur ici-bas et au-delà.

Après survint le djinn. Il postula pour la patience qu'il obtint de la Providence.

Puis c'est le savoir, la connaissance qui se présenta. Il sollicita la patience. « Elle a été prise par le djinn », répondit le Distributeur. « Je voudrais aller chez Patience », répliqua le savoir.

La richesse se présenta en 6è position et voulut prendre la patience. Le Seigneur dit qu'elle a été prise par le djinn. « Je voudrais aller chez elle », dit la richesse.

C'est notre ancêtre Eve qui s'en suivit. « Que voudriez-vous grand-mère ? », l'interrogea le Créateur. « Je souhaite obtenir la patience », ajouta Eve. « Elle a été enlevée par le djinn », lui répondit Dieu. « Je veux la rejoindre », déclara Eve.

Notre premier ancêtre, Adam, se présenta en dernière position. Le Créateur lui dit que tout est pris ; il ne reste plus rien sauf l'intelligence, l'astuce. « Veuillez m'offrir l'intelligence avec toutes vos bénédictions » ; et il l'obtint. Adam l'emporta chez lui.

- A force d'user d'intelligence, d'astuce et de débrouillardises, Adam a pu attirer à lui Eve.

- Comme Adam avait plusieurs manières, plusieurs tours dans son sac pour prendre les gens, il a pu obtenir la richesse.

- Il alla utiliser beaucoup d'astuce pour attirer à lui le savoir, la connaissance.

- Ensuite, avec son savoir-faire, Adam a pu dompter les djinns chez lui avec la bénédiction du Créateur.

Avec beaucoup d'intelligence, de la débrouillardise, un peu d'astuce et du savoir-faire, on peut tout obtenir, mais pour le garder, il faut beaucoup de patience sinon, tout s'envole entre vos mains.

- Si vous usez beaucoup d'astuce pour vous marier avec une belle femme, il faut aussi beaucoup de patience pour la garder.

- Si avec votre savoir-faire vous deveniez chef, il faut également de la patience, pour le rester longtemps.

- Si par quelque manière, vous deveniez riche, il vous faut beaucoup de patience pour garder cette richesse.

Quel que soit le poste que vous occupez, si vous n'êtes pas patient, vous réussirez difficilement.

MORALITE :

- Intelligence sans patience, ne profite guère.

- La patience est la mère de toute chose.

18. TROIS TOUFFES DE CHEVEUX

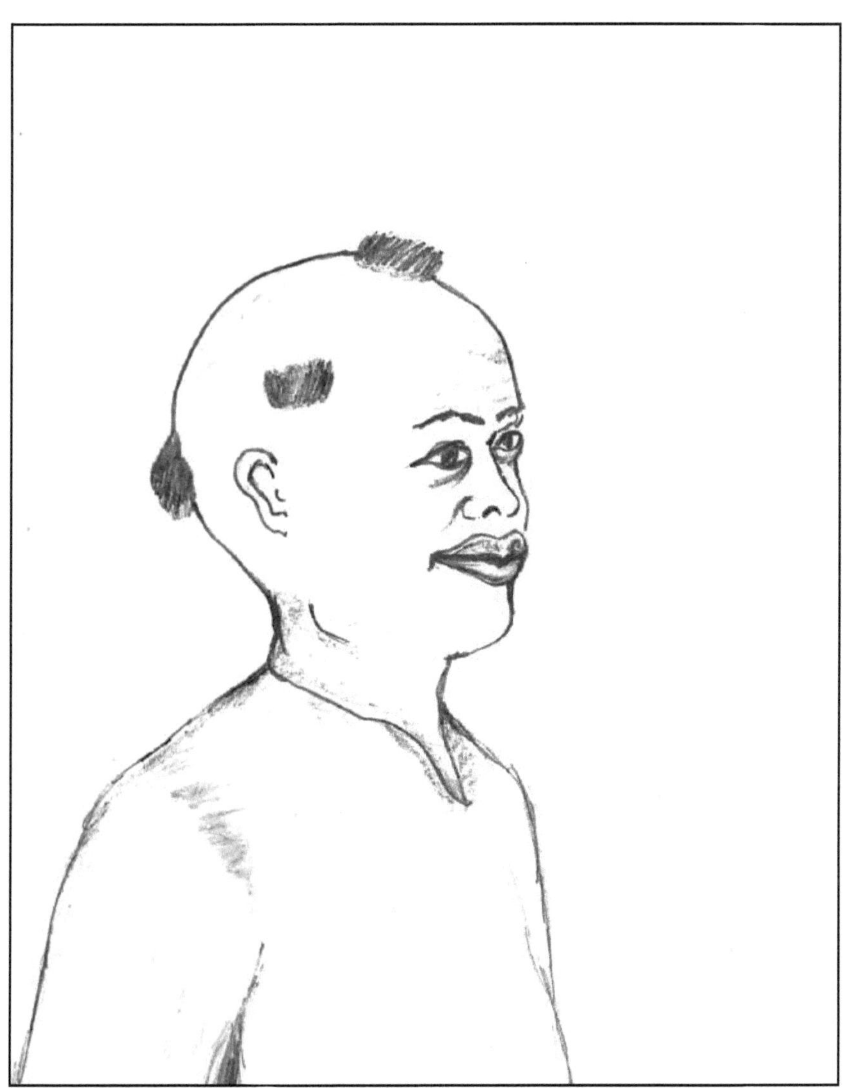

Jadis un bonhomme appelé ANTANDOU se fit raser la tête en y laissant trois touffes de cheveux. L'une au-dessus du front ; l'autre au-dessus de l'oreille gauche et la troisième à la nuque en se disant : « Si quelqu'un arrivait à deviner le sens et les noms de ces touffes, qu'on me mette à mort ».La nouvelle s'est répandue jusque chez le OGON qui convoqua une grande assemblée de sa population pour deviner le sens de ces touffes. Devins, charlatans, marabouts, jeteurs de cauris tentèrent en vain de trouver les noms de ces restes de cheveux, mais sans succès. Ce jour là, personne n'a pu connaître les noms de ces cheveux. Le Ogon renvoya la prochaine assemblée à une date ultérieure. Entre temps, le roi invita la femme d'Antandou dans sa chambre, à l'étage, pour lui montrer le luxe de son palais. « Vois-tu ? lui dit-il, si tu me disais les noms des cheveux de ton mari, on va le tuer et je vais t'épouser et te placer dans ce lit somptueux, au-dessus de mes autres femmes au dernier étage ». L'épouse d'Antandou lui répondit : « S'il plaît à Dieu, vous allez connaître le sens des trois touffes de cheveux, inch Allah ! ».Elle alla préparer du bon dolo (bière de mil), dans lequel elle délaya du miel. Apres une bonne fermentation de cette solution, elle en donna à son époux qui est un buveur invétéré. Son mari en a pris tellement qu'il devint ivre. Sa femme s'approcha de lui et dit : « Chéri, quels sont les noms de tes touffes de cheveux ?. Je ne les dirai à personne. Même pas à moi ta fidèle épouse ? », repartit sa femme. « Non », répondit l'homme. La femme se dit intérieurement, il n'a pas assez bu. Elle s'assit près du mari, posa sa tête sur ses cuisses, comme un bébé ; elle lui donna à boire avec une cuiller jusqu'à ce qu'il soit complètement saoul. « Chéri, quels sont les noms de tes touffes de cheveux ? », demanda encore la dame.

« Ma chérie, la touffe que tu vois au-dessus du front signifie : En aucun cas, l'enfant d'autrui ne peut être ton propre fils, qu'il soit un cousin où un neveu.

La deuxième qui est au-dessus de l'oreille gauche, veut dire : C'est devant un problème, un souci, qu'il faut dormir.

Enfin, la troisième à la nuque, se nomme : La femme est ingrate ».

Dès que l'épouse sut le secret, elle déposa la tête de son mari sur la natte, elle courut chez le OGON pour les lui narrer. A son retour, elle s'évertua à dessaouler son chéri, en préparant poulets, poissons pour lui en donner chair et bouillon.

Le lendemain, le mari retrouva son esprit, mais ne se souvenait de rien de ce qui s'était passé la veille.

Le roi attendit quelques semaines avant de convier tout le monde à une assemblée générale. Le jour « J » le village était au grand rendez-vous. Antandou se rendit sur la place, portant le boubou de son neveu qu'il élevait. Alors le Ogon prit la parole : « Auguste assemblée, je vous ai appelée pour savoir si dans l'assemblée quelqu'un, dans ses recherches et enquêtes, a pu connaître le sens des touffes de notre Antandou. Si c'est le cas, qu'il se présente à nous ». Personne ne se leva dans la foule, aucun ne leva la main. Alors le Ogon s'adressa à Antandou « Comme tu es le seul à connaître le secret, si quelqu'un arrivait à le deviner, ne vas-tu pas le nier par crainte de mourir ? » « Non », répondit Antandou. « Je pense que, dit le Ogon, la touffe du front signifie :

- Le fils d'autrui ne peut pas remplacer votre propre enfant.

Exact Ogon ! C'est bien cela ! « Je crois que la touffe du dessus de l'oreille gauche veut dire :

- C'est quand on est dans des problèmes qu'il faut dormir

C'est vrai, vous l'avez bien deviné. Il reste la troisième touffe. « Si je ne me trompe pas, les cheveux de la nuque ont pour sens :

- La femme est ingrate ?

Ah ! Tout est juste Ogon. Il faut me mettre à mort, dit-il. Et l'on fixa un délai de quinze heures pour le fusiller. On alla l'attacher au poteau d'exécution en attendant les protocoles. Son enfant se mit à pleurer, à gémir. « Qu'est-ce qu'il y a mon garçon, lui demanda le roi. « Mon père porte mon boubou ; en le fusillant, je crains que le sang qui va couler, ne salisse mon boubou ; c'est pour cela que je pleure ». A quatorze heures trente, le Ogon envoya quelqu'un surveiller notre homme pour l'empêcher de fuir. L'envoyé vint trouver notre condamné, en train de dormir sous le poteau, les bras attachés.

A l'heure dite tout le monde se rendit au lieu de fusillade et trouva Antandou qui continuait de dormir les points fermés. Alors le Ogon déclara publiquement « L'exécution d'Antandou n'aura pas lieu, car tout ce qu'il a dit n'est que vérité :

- La touffe de cheveux du front signifie : « L'enfant d'autrui ne peut pas être ton vrai fils ». Cela vient de se prouver. Le garçon que voici, dans le village tout le monde le prenait pour son propre enfant. L'enfant pleure pour son boubou qui sera sali par le sang, et non pour la mort d'Antandou qui n'est que son père adoptif. S'il était son vrai fils, il allait pleurer son père et non son boubou.

- La touffe du dessus de l'oreille gauche a pour sens : « C'est devant les soucis, les problèmes qu'il faut dormir ». Cela vient de se confirmer également. Quelqu'un qu'on va exécuter à quinze heures, est en train de dormir à quatorze heures. Il n'y a pas pire souci, pire problème, et cela ne l'empêcha pas de dormir.

- La touffe de la nuque veut dire : « La femme est ingrate ». Cela aussi vient de se démontrer : ces secrets je les ai appris de son épouse à laquelle j 'ai promis mariage, et luxe de ma maison en cas de mort de son mari, si elle me les livrait. Y a-t-il pire trahison que cela ? Pour le luxe d'autrui, mettre la vie de son mari en péril. Antandou, rejoins ta maison, tu ne seras pas exécuté ; tu n'as dit que la vérité.

A VOUS DE TIRER LA MORALE POUR CHACUNE DES TROIS LECONS.

19. LA NECESSITE DES AUMONES

Il était une fois, un jeune homme qui alla en exode pour étudier. Après des dizaines d'années d'études approfondies, il accumula différentes sciences : philosophie, sociologie, mathématiques, médecine, économie, droit, mécanique, biologie, botanique, géologie, magie, alchimie--- bref, toutes les connaissances que peuvent avoir les hommes sur cette terre. Il acquit une somme de sciences qui lui permit de comprendre même le langage des animaux.

Il revint chez lui, pour s'installer définitivement dans son village. Comme il élevait un chat, un jour un chat sauvage vint causer avec le sien. Toute la journée il n'a pas donné à manger à son chat. Vers le petit soir, le chat sauvage dit à son confrère : « Toute la journée nous n'avons pas eu à manger, je m'en vais chez moi ». « Attends un peu, lui répondit le chat domestique, bientôt les talibés vont traire les vaches et vont déposer le lait avec imprudence. Quand il va se verser, nous irons lécher l'endroit, ainsi tu pourras prendre la route ». Notre savant suivait leur conversation. Il dit aux talibés : « si vous trayez les vaches, il faudra bien poser la calebasse afin que le lait ne se verse pas ». Comme les Talibé obéissent aux doigts et à l'œil, à leur maître, jusqu'au crépuscule, le lait ne se versa pas. Le soir, le chat sauvage reprit : « Tu dis que nous allons lécher le lait versé, mais il n'en est rien. Je m'en vais ». « Un peu de patience, reprit son hôte, ils vont trop serrer la corde en attachant leur vache. Ainsi elle va mourir dans la nuit. Quand ils vont la dépouiller et la dépecer, nous aurons quelques morceaux de viande à mettre sous la dent ». Le maître suivait toujours leur causerie. Il donna ordre aux talibés de ne pas trop serrer les cordes de la vache. Ainsi, le quadrupède ne mourut point cette nuit. « Confrère, je m'en vais, sinon je vais mourir de faim ici », déclara la bête sauvage. « C'est vrai mais, je te demande encore de la patience mon ami, car mon maître même va trépasser demain. Lorsqu'on va préparer pour ses funérailles, nous aurons à manger », dit le chat domestique. Le bonhomme qui comprenait tout, a bien entendu ce qu'a dit son chat. Le lendemain de très bonne heure, il prit le chemin du village de son principal maître pour lui narrer ce qui s'est passé. « Un chat sauvage vint rendre visite au mien, ils n'ont pas eu à manger toute la journée. Quand le chat sauvage voulut rentrer chez lui, mon chat lui dit d'attendre : lorsque les enfants seront de retour de l'étable, nous lécherons le lait qui va se verser. J'ai pris des dispositions afin que ce lait ne se versât pas. Quand l'étranger voulut partir, mon chat lui dit d'attendre, car ma vache va mourir par des cordes trop serrées, ainsi nous aurons quelques morceaux à déguster avant que vous ne rentriez. En apprenant ces propos, j'ai donné des consignes à mes talibés pour que les cordes ne serrent pas trop la vache. Pour une troisième fois, le chat sauvage se décida de s'en aller, mais son ami lui dit de patienter, car je vais mourir aujourd'hui. Maître, je viens vous demander conseils pour éviter cette mort ». Son marabout lui répondit : « Mon cher ami, il n'y a pas de remèdes pour échapper à ce trépas. Pourquoi ? Pour que la vache ne mourût pas, il fallait que le lait verse, c'était le sacrifice de compensation. Tu as été la cause qui a fait que, le lait ne se versât pas. Il fallait que ta vache décédât pour que tu aies la vie sauve ; c'était le sacrifice expiatoire, afin que tu aies la vie sauve. Tu n'as pas voulut que l'animal meure. Il n'y a pas d'échappatoires mon ami, tu dois partir pour l'au-delà ».

Il mourut sur le chemin de retour ; son corps transporté par ses élèves jusqu'à son domicile. Ainsi finit notre savant, sous le coup de l'avarice.

MORALITE :

La moindre aumône à laquelle nous consentons, est toujours expiatoire.

20. L'UNION DES ANIMAUX SAUVAGES

Un jour tous les animaux sauvages se concertèrent pour faire un champ collectif. Ils semèrent du fonio à la volée, et labourèrent leur champ commun.

Une fois le fonio mûr, tous les animaux le fauchèrent et le battirent pour l'engranger dans un grand grenier construit à cet effet.

Le lion, roi de la brousse proposa à ses congénères : « Je voudrais qu'on garde cette récolte jusqu'au prochain hivernage au moment de la soudure. Sinon, si nous commençons à manger ce fonio dès maintenant, d'ici juin prochain, début des cultures, nous aurions fini de consommer notre récolte et nous aurons des difficultés à nourrir nos bras valides qui laboureront ». Belle proposition trouvèrent tous les autres animaux. Nous allons nous débrouiller en saison sèche durant laquelle il n'y a pas de labours, et chacun pourrait vaquer à ses affaires jusqu'en mai. Ils se dispersèrent depuis novembre, pour se donner rendez-vous en mai, en fermant hermétiquement leur grenier. La clef a été confiée à l'hyène qui n'a jamais inspiré confiance, car un adage dogon dit : « Quand vous avez peur qu'on vous chipe à votre absence, confiez votre matériel au voleur du village ».

L'hyène qui est imprudente, laissa la clef du grenier dans le toit de chaume, juste en face de la porte, de peur de la perdre dans ses multiples déplacements. Un jour le lièvre, en passant près du grenier, aperçut cette clef enfouie dans le chaume car il est un bon observateur. Quelle belle aubaine ! se dit-il. Et tous les jours, il enlevait clandestinement le fonio commun, le faisait piler par sa femme Tyènê ou ses filles, et faisait bombance avec sa famille, en prenant soin de récupérer le son pour le remettre dans le grenier. Au bout de 5 mois, la famille du lièvre a fini de consommer la réserve collective.

Au mois de mai, les animaux se retrouvèrent dans leur hameau de culture afin de préparer le champ pour la saison des pluies qui approchait. On invita l'hyène (la gardienne de la réserve) à servir la ration du premier jour. Elle entra dans le magasin et se jeta dans un compartiment. Elle n'y trouva que du son ; puis dans le 2ème, du son ; ensuite dans le 3ème, du son ; enfin dans le 4ème compartiment, encore du son ; (les greniers qui contiennent les céréales battues et débarrassées de leurs balles, sont divisés en 4 compartiments dans notre milieu). L'hyène sortit du grenier et déclara : « Le grenier ne contient que du son. Tout le fonio a été pilé et mangé. On nous a tout volé ». Ce fut l'étonnement général chez tous les animaux. Alors le lion prit la parole : « Nous allons demander à chacun de justifier sa position depuis notre séparation en novembre dernier. La biche dit qu'elle était dans la brousse de Kassarou, à 30 km d'ici. Le dama déclara qu'il était dans la montagne de Ségué, à 7777 pieds d'ici. Le singe énonça, qu'il était camouflé dans les grottes d'Endé à 100 lieux de là.

Et toi lièvre, où étais-tu ? , depuis que nous nous sommes séparés ? demanda le roi. « J'étais en excursion : j'ai quitté ici pour me rendre au Chercher de la clé, puis je suis parti au Chercher de l'échelle, de là, j'ai continué au Monter au grenier, ensuite au Sortir le fonio pour me rendre au Piler puis au Vanner. De Vanner je me suis rendu au Préparer. De là, j'ai été au Manger où les mangeurs d'âmes m'ont menacé de mort, et j'ai fui pour Digérer ensuite au Déféquer. C'est à Déféquer que j'ai appris par le crieur public, que les animaux sont en train de se réunir pour l'hivernage. C'est pour cette raison que je suis en retard ». L'assistance l'applaudit avec clameur : « Il a été vraiment loin ! Il a été loin ! ».

Et vous hyène ?dit le lion. « Le bosquet que vous voyez là-bas, c'est là que je gîtais » ‘’ Tu n'as pas été loin ! Tu n'as pas été loin ! chantèrent tous les animaux en chœur. C'est elle qui a pillé notre provision.

Pourtant, l'hyène protesta l'accusation portée contre lui. Alors le lion proposa à ce qu'on fasse la bouillie avec le son du fonio volé. Celui qui se fera brûler la bouche avec le brouet chaud, sera le coupable. Une fois la bouillie prête, le lièvre, un des soupçonnés fut le 1er invité à prendre cette bouillie chaude. Avec une louche, notre malin animal puisa dans la grande calebasse, et se mit à demander excuses à tous les animaux aînés, parce qu'on l'oblige de manger avant eux ; tout en faisant trembler la louche il dit : « Majesté Lion, ne vous en prenez pas à moi de boire cette bouillie avant vous ; Grand frère Eléphant, excusez-moi de prendre cette bouillie avant vous ; Grand frère Buffle, pardonnez-moi de boire ce brouet avant vous etc.». A force de réciter cette formule de politesse en nommant ses aînés, sa louchée de bouillie avait refroidi, et il la but aisément. Ensuite ce fut le second soupçonné l'hyène, qui est invitée à prendre la bouillie chaude. Gourmande qu'elle est, avec une grosse louche, elle puisa dans la grande tasse, lorsque l'hyène voulut remuer sa louche pour demander excuses aux autres animaux aînés, le lièvre l'interrompit : « Ce n'est pas la peine, car je les ai cités au nom de tout le monde ». La bouillie fumante lui brûla la bouche et elle fut obligée de la cracher. Tout le monde fut unanime de chanter en chœur : « C'est bien l'hyène la fautive ! C'est bien elle ! ». Mais l'hyène protesta énergiquement. Alors le lion proposa d'appeler la lune dans la nuit. Celui sur lequel elle descendra se poser, .ce dernier sera le coupable ». Cette nuit-là, notre rusé se coucha près de l'hyène. Le roi de la brousse fit de la magie noire, et la lune descendit sur le lièvre pendant que tous les animaux dormaient à point fermé, à l'exception du lièvre qui veillait, n'ayant pas la conscience tranquille. Il se leva, prit doucement la lune pour la déposer sur sa voisine hyène, et réveilla tout le monde avec un tintamarre : « Hé ! Debout ! La lune est tombée sur le scélérat. Alors tous les animaux se levèrent pour tabasser l'hyène, qui à coup de pied, qui à coup de gourdins. Elle a pu s'échapper mais sa hanche s'est déboitée. C'est pour cette raison que l'hyène a le postérieur plus bas que la poitrine.

MORALITE :
Dans nos jugements d'homme, même si vous avez raison, lorsque vous avez affaire à un adversaire plus averti, vous perdez toujours votre procès.

21. POURQUOI LE HIBOU A DE GROS YEUX ?

Il était une fois, une assemblée générale convoquée par les animaux à quatre pattes, pour discuter un peu de leurs divers problèmes, tels que : comment conseiller les plus grands, afin de protéger les petits quadrupèdes au lieu de les dévorer, comment établir une stratégie pour échapper aux chasseurs etc.…

Pendant qu'ils étaient en pleine réunion, le hibou vint se poser au milieu d'eux. Le lion, roi de la brousse qui présidait la séance, interrompit les travaux et s'adressa à l'oiseau :

Lion : Que viens-tu faire là ? Qui t'a envoyé ? Qui t'a convié à notre assemblée ?

Hibou : Personne ne m'a envoyé, personne ne m'y a convié. Je pensais que dans pareille circonstance, lorsqu'il y a beaucoup de monde rassemblé, il peut y avoir des charognes à grignoter. C'est pourquoi je suis venu voir.

Lion : Charogne ? Crois-tu que nous sommes venus ici pour crever ? Certainement tu es là pour nous espionner. Gare à toi ! Vite, fais caca avec tes yeux, sinon tu ne sortiras pas vivant d'ici.

Le hibou a beau vouloir déféquer des yeux, il a beau pousser ses globes oculaires, aucun excrément ne sort. A force de se concentrer pour pousser, que ses globes oculaires finirent par sortir hors de leur orbite, mais pas de caca.

Vu les efforts qu'il a fournis, le roi de la brousse lui dit de déguerpir au plus vite. Le hibou rejoignit les siens sans aucune autre forme de procès. Mais ses globes oculaires refusèrent de retourner dans leur orbite et restèrent sur l'arcade, au bord des cavités. C'est pour cette raison que le hibou a de gros yeux pour s'être mêlé à une réunion où il n'était pas invité.

Et le conteur d'ajouter : *Ne nous mêlons pas de ce qui ne nous regarde pas.*

22. LES TROIS AVEUGLES

Il était une fois, vivant ensemble, trois vieilles femmes. Parce qu'elles n'avaient qu'un seul œil démontable, elles l'utilisaient à tour de rôle. Lorsqu'un passant venait, celle qui avait l'œil le regardait venir, et quand il était proche, elle passait l'œil à la 2ème qui le regardait s'approcher. Une fois que le passant les dépassait, celle-ci passait l'œil à la 3ème qui le regardait partir de dos.

Un jour, arrivèrent de jeunes galants à la conquête de jeunes filles. La 1ère vieille les voyait venir et lorsqu'ils furent proches, elle ôta l'œil de son front pour le passer à la 2ème femme. Au moment où elle tendit la main pour le lui remettre, un des jeunes hommes intercepta le globe oculaire et ils continuèrent leur chemin. En entendant leur voix s'éloigner, la 2ème dame réclama l'œil pour voir ces jeunes gens venir.

La 2ème vieille s'adressant à la 1ère : Passe-moi l'œil !

La 1ère : L'œil ?, je te l'ai remis tout à l'heure lorsque ces gens-là passaient''

La 2ème : Je ne l'ai pas reçu.

La 1ère : Pourtant, je te l'ai donné.

Une dispute éclata entre les 3 vieilles femmes. Les jeunes passants déclarèrent : « Trêve de discussions entre vous, c'est nous qui l'avions intercepté ».

Les vieilles : Rendez nous notre œil !

Les jeunes : Non! Nous refusons de vous le donner !

Les vieilles : Nous vous en prions, remettez-le nous.

Les jeunes : Non ! Nous ne voulons pas le rendre sans contre partie.

Les vieilles dames leur proposèrent un fétiche pour courtiser les femmes.

Les vieilles : Voilà un fétiche fait avec une queue de vache auréolé(e) de cauris. Si vous avez affaire à une fille de teint clair, vous dites son nom dessus et vous attachez l'idole avec du fil rouge, puis vous croquez une noix de kola blanche, et vous l'aspergez avec la bouche des débris de la kola mâchée. Si la fille est de teint noir, vous soufflez son nom sur le fétiche que vous attachez avec du fil noir en mâchant une noix de kola rouge, vous aspergez l'idole avec le résidu de la kola, de la bouche. Toute fille ainsi envoutée, que vous touchez, vous suivra inconsciemment jusqu'à votre domicile.

Les jeunes prirent ce fétiche et rendirent aux vieilles femmes leur œil unique. Après essai, ils trouvèrent que l'offre est intéressante car très efficace.

Sachez que le fétiche avec lequel les charlatans séduisent les femmes, vient des 3 vieilles aveugles.

Ce n'est pas moi qui l'ai dit, les ancêtres l'ont conté ainsi depuis des siècles.

Illustration des Contes :
Monsieur Arê Fidèle SOMBORO, dessinateur à Bankass, Mopti, MALI.

TABLE DES MATIERES

Structures éditoriales du groupe L'Harmattan

L'Harmattan Italie
Via degli Artisti, 15
10124 Torino
harmattan.italia@gmail.com

L'Harmattan Hongrie
Kossuth l. u. 14-16.
1053 Budapest
harmattan@harmattan.hu

L'Harmattan Sénégal
10 VDN en face Mermoz
BP 45034 Dakar-Fann
senharmattan@gmail.com

L'Harmattan Cameroun
TSINGA/FECAFOOT
BP 11486 Yaoundé
inkoukam@gmail.com

L'Harmattan Burkina Faso
Achille Somé – tengnule@hotmail.fr

L'Harmattan Guinée
Almamya, rue KA 028 OKB Agency
BP 3470 Conakry
harmattanguinee@yahoo.fr

L'Harmattan RDC
185, avenue Nyangwe
Commune de Lingwala – Kinshasa
matangilamusadila@yahoo.fr

L'Harmattan Congo
67, boulevard Denis-Sassou-N'Guesso
BP 2874 Brazzaville
harmattan.congo@yahoo.fr

L'Harmattan Mali
Sirakoro-Meguetana V31
Bamako
syllaka@yahoo.fr

L'Harmattan Togo
Djidjole – Lomé
Maison Amela
face EPP BATOME
ddamela@aol.com

L'Harmattan Côte d'Ivoire
Résidence Karl – Cité des Arts
Abidjan-Cocody
03 BP 1588 Abidjan
espace_harmattan.ci@hotmail.fr

L'Harmattan Algérie
22, rue Moulay-Mohamed
31000 Oran
info2@harmattan-algerie.com

L'Harmattan Maroc
5, rue Ferrane-Kouicha, Talaâ-Elkbira
Chrableyine, Fès-Médine
30000 Fès
harmattan.maroc@gmail.com

Nos librairies en France

Librairie internationale
16, rue des Écoles – 75005 Paris
librairie.internationale@harmattan.fr
01 40 46 79 11
www.librairieharmattan.com

Lib. sciences humaines & histoire
21, rue des Écoles – 75005 paris
librairie.sh@harmattan.fr
01 46 34 13 71
www.librairieharmattansh.com

Librairie l'Espace Harmattan
21 bis, rue des Écoles – 75005 paris
librairie.espace@harmattan.fr
01 43 29 49 42

Lib. Méditerranée & Moyen-Orient
7, rue des Carmes – 75005 Paris
librairie.mediterranee@harmattan.fr
01 43 29 71 15

Librairie Le Lucernaire
53, rue Notre-Dame-des-Champs – 75006 Paris
librairie@lucernaire.fr
01 42 22 67 13